追憶のシンフォニー

医師が語る医療・故郷・歴史文化

国立弘前病院名誉院長
五十嵐　勝朗

POLISH WORK

追憶のシンフォニー

目次

第一章　追　憶

第二章　ふるさとの行事　45

第三章　旅の思い出　67

第六章　私的論考

あとがき　180

追憶のシンフォニー

第一章

追憶

ＤＤＴ

　小学三年生（昭和二十五、六年）の五月頃のことです。学校から帰ってきて日当たりのよい縁側で隣の家の瀬中《せなか》佳惟《かゆい》ちゃんと模型飛行機作りをしました。二人で模型飛行機の翼の部分の紙を貼るのに熱中していると、襟元からノミ（蚤）かシラミ（虱）が落ちてきました。二人が思わず顔を見合わせて飛行機作りはそっちのけになり、お互いの襟をめくりシラミを捕まえて爪で何匹もつぶしました。

　翌日、学校で午前中の暖かいときに全校生徒を校庭に並ばせ、校長先生が「これからみなさんの頭から衣服にまでＤＤＴという白い粉を受け持ちの先生が散布します」と言いました。すると、すぐに受け持ちの先生が生徒の頭から衣服に粉末散布器でＤＤＴをたっぷりと散布しました。ＤＤＴを襟元から体中に吹き入れられたので、男の生徒は眼だけが黒くて全身は白くなり、女の生徒は頭髪だけではなく首筋から顔まで真っ白になったので、手拭で姉さんかぶりをしていました。

　当時ラジオから、

〽チン　チン　チフス　発疹*チフス　みんな嫌いだ　大嫌い
お閻魔（えんま）さまより　なお嫌い　そこで撒《ま》きましょ　ＤＤＴ　ＤＤＴ
ノンノン　ノミも　シンシン　シラミ　みんないないよ　もういない
おもてで元気に　遊べます　お礼をいいましょ　ＤＤＴ　ＤＤＴ

という『ＤＤＴの歌』が流れました。この歌で、白い粉を散布したのはノミやシラミを殺すためということがわかりました。

後日、十歳年上の物知り兄さんが、「ノミシラミ　移りにけりな　いたずらに　十円出して　長湯せしまに」と口ずさんでいるのを聞いたとき、「どういうこと？」と聞き返したら、「お風呂屋に十円もって入浴に行き、気持ちよく長湯している間に脱いだ衣服にノミやシラミが移ってきてしまったという世相を風刺した和歌だよ」と言いました。物知り兄さんはいろんなことを知っているのだなと感心しました。

その後次第にノミやシラミの発生が下火になったので、いつの間にかＤＤＴの歌も聞かなくなりました。何年か後に高校の古文の授業で、『古今集』にある小野小町《おののこまち》の「花の色は　うつりにけりな　いたづらに　わが身世にふる　ながめせしまに」という歌を教わり、急に思いだしました。あのとき物知り兄さんが口ずさんだ歌は、小野小町が元歌だったのかと合点しました。

発疹チフスは昭和三十二年（一九五七）の発生を最後になくなったと、医師になってから知りました。なおＤＤＴとは Dichloro Diphenyl Trichloroethane の頭文字をとった有機塩素系の殺虫剤で、その頃は人畜無害と言われていましたが、後になって内分泌かく乱作用があるとの報告があり、昭和四十六年（一九七一）に製造中止となりました。

平成五、六年頃になって、再び老人ホームや都会の小学生や幼稚園児、保育園児の間でシラミが増加し始めました。シラミを知らない世代が親になり、子どもの頭に感染しているアタマジラミに気づかないため、感染が拡大したと推測されています。そのときはＤＤＴに代わり、ピレスロイド系殺虫剤の「スミスリン®パウダー」が製造

＊　発疹チフスとはリケッチア・プロバツェキが病原微生物で、コロモジラミ、アタマジラミが媒介し、これらの動物に刺されて一〜二週間で発熱し、頭痛、筋肉痛に続き、全身に赤い発疹がみられる感染症です。日本では戦後の経済、衛生状態が劣悪なときに、三万人くらい発生したと言われています。

されたので、それで駆除しました。

帯状疱疹

小学校までは自宅から片道約九〇〇メートルの距離でしたが、中学校までは約三・五キロメートルあり、徒歩で五十分ほどかかりました。中学校に入ると他の小学校から来た生徒と一緒になったこともあって、四月いっぱいは自宅に帰ってくると気疲れと体力不足からの疲労で夕ご飯も食べずに寝てしまうことが度々でした。はじめは人見知りしていましたが、五月の連休が明けた頃から友だちも増え、学校生活にも慣れてきて楽しくなりつつありました。

五月中旬を過ぎた頃、体がだるく何となく背中に痛みを感じました。それが一週間くらい続きました。夜は背中の痛みが強くて側臥位になることもできずに一晩中眠れず、翌朝母に背中の痛みを訴えました。母は背中を見て「赤みを帯びた米粒くらいのブツブツしたみずぶくれが出ている。今日は学校を休んで山形の済生館病院に行って診てもらいなさい」と言いました。十三歳違いの姉に連れられて長崎駅からガスカーに乗って山形駅まで行き、そこから歩いて済生館病院に行きました。

眼鏡をかけた男の先生が診察してくれて「これは帯状疱疹です」と言って看護師さんに背中の患部に軟膏を塗るように指示しました。何という軟膏なのかはわかりませんでしたが白い塗り薬でした。少しヒヤッとしましたが次第に痛みが取れてきたように感じました。それにしても背中のブツブツを診ただけですぐに診断するとはあのお医者さんはすごいなと感心しました。

気分がよくなって済生館の玄関を出ると、姉が「梅月堂でお菓子を食べて帰ろう」と言いました。山形の街に来るのは年に一、二回しかなかったので、右も左もわからず姉の後ろをついていきました。梅月堂に入ると可愛いおねえちゃんが、コップに入れたお水とお品書きを持ってきて「注文は何にしますか」と聞いたので、姉が『きんつば』を注文しました。

『きんつば』が来る前にテーブルに置かれたコップのお水を飲んでみると、普段に家で飲んでいる水とは違い冷たくてとても美味しい水だったので一気に飲み干してしまいました。あまりに美味しくてもう一杯頼みました。考えてみると家を出てから何も飲まず食わず、その上済生館病院では緊張のしっぱなしだったので、喉はカラカラだったのです。『きんつば』の味はまったく記憶になく、あるのはコップの水の美味しさだけでした。

その日から痛みはなくなり快方に向かいました。最近になって六十年前に自分が罹患した帯状疱疹を思い出し、誘因は恐らく中学校に通い始めた疲労からで、また背中の患部に塗ってくれた軟膏は亜鉛華軟膏ではなかったかと推察しました。

今では美味しいお水を飲ませてくれた梅月堂はなくなり、当時の済生館本館は霞城公園内に移築され時の流れを感じます。

物売り（行商）

昭和四十年代頃までは、朝あるいは日中に家の近くにまで物売りが来ました。近年はスーパーやコンビニの進出のためか、物売りが来なくなりました。平成の中頃からは移動手段を持たない高齢者が多くなり、歩いて買い出しに行くことが難しくなってきました。

そのような高齢者のためにも家の近くまで物売りに来て欲しいのですが、売る方も人手不足や高齢化などで売り歩くことができなくなりました。

在宅のままで、電話で注文すると品物を配達してくれるところもありますが、やはり自分の目で見て手にとって買いたいというのが高齢者の本音でしょう。今こそ高齢者は家の近くまで物売りに来て欲しいのです。

スイカ売り

真夏の暑い昼下がり「スイカー、スイカー」と軽トラックにスイカを沢山積んでマイクのボリウム一杯にして町中を売り回っていました。「甘くて美味しいスイカですよ」と言われると思わず買いたくなり、どこからともなく人が出てきて買い求めました。しかしスイカの時期はお盆前までで、お盆が過ぎたら見向きもされなくなり、かけ声はノイズとなりむなしく聞こえました。

豆腐売り

豆腐屋さんは大抵夫婦で家内工業的にやっていました。つくった豆腐を主人が朝早くから自転車でラッパを鳴らしながら売りに来ました。夏は豆腐を入れてある桶の水がそれほど冷たくはないので気にはしませんでしたが、冬は冷たく、豆腐を掬《すく》う手はあかぎれになって痛々しく感じました。買う方は鍋を持って行き、それに豆腐を入れてもらいました。豆腐屋さんが「おまけ」と言って1／6丁くらいをサービスしてくれると嬉しくなり、次回も買いたい気持ちになりました。

野菜売り

農家のおばちゃんがリヤカー*に野菜を沢山積んで一軒一軒売りに来ました。何人も

回って来ますがそれぞれ積んである野菜が違ったり、また売りに来る時間が違ったりするので、色々なおばちゃんから買いました。おばちゃんはほぼ毎日来るのでお互いに顔なじみになり、御用聞き的な役目を果たすこともありました。

金魚売り

昭和三十年代で中学生の夏休みの頃、街に遊びに行くと、麦わら帽子を被り、*脚絆を巻いて地下足袋をはいた出で立ちのおじさんが、金魚をガラスの金魚鉢に入れ、それをリヤカーに乗せて「きんぎょー、えー、きんぎょー」と言いながら売り歩いていました。近くの家からおばちゃんが急いで出てきて、「金魚やさん」と声をかけ金魚を買うところを見ました。今になって思い出す、懐かしい夏の風物詩です。

押し売り

両親は農作業で家にはいないし、学校から帰ってホッとして、お腹が空いていたので一人で麦飯のおにぎりをみそを付けたキュウリと一緒に食べていました。そこへ、三、四十歳代と思われるオッサンが「こんにちは」と言って入ってきて、縫い針やゴムヒモの押し売りをされました。

「誰もいない」と断ると、「お腹が空いているのでおにぎりを食わせろ」と威嚇されました。しかし釜は空っぽなので対応できなくてオロオロしたことが思い出されます。

時代は代わって、今は押し売りは来なくなりましたが、高齢者を狙った電話での〝オレオレ詐欺〟が、大きな社会問題となっています。

＊　リヤカーとは、鋼管製の車台の両側にゴム車輪を備えた軽量運搬車で、農業用として広く利用されていました。

＊　脚絆とは作業などのときに、すねに着けて足ごしらえとした紺木綿などの布。

熟柿

昭和二十五年頃は我が町内のどこの農家の屋敷にも一、二本の渋柿の木がありました。父にそのわけを聞くと、「渋柿の木は剪定は面倒でなく、消毒も他の果物に比べて少なくて済むし、袋かけをしなくてもよい。更によいことは買い取り業者が自らもぎ取りをして、しかもまとめて買い取ってくれる。つまり手間暇がかからないのがよいので植えているのだよ」と教えてくれました。

毎年十月頃になると買い取り業者から、「何日から何日の間に渋柿をもぎ取りに行きますからよろしくお願いします」との連絡がありました。その期間に業者が*はさみ竿で渋柿をほぼ全部をもぎ取り、後日もぎ取った量の代金を支払いに来ました。

父が言うように各農家の人は何もしなくても業者がもぎ取ってくれて、その分の代金を業者が支払うというやり方はよい方法だと感心しました。しかしこの方法はいつの頃からか行なわれなくなりました。それは渋柿の消費量が減ってきたのか、それとももぎ取り業者の人手不足からだったのかわかりませんでした。

　そのために自分たちで渋柿をもぎ取り、焼酎で渋抜きをして庄内柿として果物店に卸すようになりました。その際、商品にならない渋柿は干し柿にしたり、焼酎で渋抜きにして自家用で消費するようになりました。

　渋柿をもぎ取るのは子どもの役目だったので、父が二メートルくらいの物干し竿を用意してはさみ竿をつくり、渋柿のもぎ取り方を教えてくれました。それは渋柿のなっている枝を地上からはさみ竿で挟んで捻るのです。そうすると枝が付いたままはさみ

＊「はさみ竿」のつくり方

　二メートルくらいの物干し竿の上端を鉈《なた》で割れ目を入れると節で止まります。節の上部に竹の小枝を挟んで割れ目口を開き、針金できつく固定します。竹の上端は渋柿が付いた枝が入りやすいように、削って割れ目口を広くします。竹の上端はV字型に開き、それが狭すぎれば枝を挟めないし、広すぎると挟み切れず離してしまうので、割れ目口の広げ具合の調節には経験が物をいいます。

　父がつくってくれたはさみ竿は、渋柿が付いた枝をうまく挟むことができました。父が毎年新しくはさみ竿をつくってくれたことが懐かしく思い出されます。

竿で渋柿を取ることができました。
父は渋柿をもぎ取るときの心構えを教えてくれました。一つは渋柿の木は脆く、登ると幹から裂けることがあるため、落ちてケガをするといけないので必ず地上からはさみ竿でもぎ取ること。もう一つは高いところにある渋柿はもぎ取らなくてもよいということです。理由は十一月の下旬頃になると渋柿は木に付いたまま熟して甘くなるので、その熟柿を目当てにムクドリやスズメなどが集まり、食するからです。鳥たちが群れをなし熟柿を食べているのを見ると、冬の到来を感じました。
鳥たちにも自然の恵みを与えるべきというのが父の教えでした。
平成の中頃からはどこの家でも積極的に渋柿を収穫しなくなり、そのために雪が降っても渋柿は木に付いたままで、なかには熟したままで地上に落ちるものもありました。またどういうわけか、木になっている熟柿を鳥たちは食べようとはしないように見えました。というより鳥にとって食べきれないほど熟柿があるということなのか、それとも熟柿以上に美味しい食べ物が見つかったためなのかその理由は私にはわかりません。

いずれにしても、いつまでも熟柿のままで木に付いていることはなく、最後は自然に地表に落下して追肥と成り、翌秋にまた渋柿が実ることに繋がっていくはずです。鳥を含めて自然界の生態系が壊れないことを祈るばかりです。

カエルの鳴き声

学生時代、医学部の基礎の校舎の中庭に五〜六メートルくらいの楕円形をした浅い池がありました。池の中には睡蓮が植えてあり、周りには粗末な椅子が置いてあり、教職員や学生にとってのちょっとした憩いの場となっていました。

六月頃講義中に中庭方面からクオッ、クオッという鳴き声が聞こえてくることがありました。しかし講義の邪魔になるような大きな鳴き声ではなかったので無視することもできました。

あるとき、池の周りに行くと、一五〜一八センチメートルくらいの大きさのガマガエルが十数匹いました。なぜここにガマガエルがいるのかと思うと同時に、あのときの鳴き声の主はこのガマガエルであることがわかりました。

後日、生理学実習の講義で心臓の拍動や心拍出量を測定する実験がありましたが、その実験にはこの池のガマガエルから摘出した心臓を用いていることを教授から教えられました。そのときに初めてあのガマガエルは実験用の教材であったということがわかりました。要するに教材用にガマガエルを放し飼いにしていたのです。そうするとあのガマガエルのクオッ、クオッという鳴き声は医学部学生の教材になりたくないという抵抗だったのでしょうか。しかし学生時代にあのガマガエルの心臓を用いて還流実験をしたことが循環器学への興味に繋がったことは間違いありません。

我が家の裏はすぐ田んぼだったので、水が入る六月になるとアマガエルが鳴き始めました。夜になるとクワッ、クワッ、クワッと大合唱となり、通常の会話にも支障を来すほどになりました。高校時代は、六月が丁度中間試験の時期だったので机に向かっていてもアマガエルの鳴き声がうるさくて集中力がそがれかねませんでした。何度も静かにしてくれないかと願いたくなりました。夜中にはずっと鳴いていたのに明け方になるとしっかりと鳴きやみました。

アマガエルの大合唱はオスがメスを求めての求愛行動です。日中の明るいときは相手を見つけやすいのですが、その分天敵であるカラスやカモなどの鳥にも見つかりやすいので、アマガエルが効率よく繁栄していくためにも、天敵に見つかりにくい夜に鳴き出すのだということを後になって知りました。

今は農薬散布の影響か田んぼに水が入ってもアマガエルの鳴き声は聞かれなくなり

ました。もう私が住んでいたところからアマガエルは絶滅してしまったのでしょうか。

ほろ苦い思い出㈠

蟯　虫

小学三年生の頃のことです。夜寝ようとしてお布団に入りました。お布団が暖かくなると肛門周囲が痒いので眠れなくなり、無意識にお尻の肛門付近に手をやり掻いているうちに眠ってしまいました。このようなことが何日も続き悩まされました。親に言おうと思ったが少し恥ずかしくて言えないままに日は過ぎてしまいました。

あるとき学校で授業が終わり、帰り支度をしているときに担任の先生が生徒のみんなに「この通知書を父兄に必ず手渡ししてください」と言って紙が入った封筒を渡しました。翌朝、母が私のパンツを脱がせ、肛門部にセロファンテープを貼り付けた後に、それを剥がして封筒に入れて担任の先生に渡すようにと言いました。担任の先生と親との間に何があったのかはまったくわかりませんでした。

数日後、学校から親と一緒に放課後に来るようにと連絡があり、行くと何人かの友だちも親と一緒に来ていました。友だちと喧嘩したわけでもないし何故呼び出しが来たのか不安になり、おそるおそる職員室に入りました。そこから先生の案内で教室へ行くと顕微鏡が置いてありました。

先ず先生が覗いてから母親に「お母さん覗いてください。虫卵が見えるでしょう。それがお宅のお子さんの肛門にいる蟯虫の卵です」と言うと母親はびっくりして「これが蟯虫の卵ですか」と言い、私にも覗くように言いました。「カツロウ」と書いてあるガラス板を載せた顕微鏡を覗いてみると、視野に丸いモノが見えましたが動かないので特に感動もしないで眼を離しました。

肛門に蟯虫がいたなんてまったく寝耳に水でした。顕微鏡が置いてある台に「サダオ」、「キヨジ」などと何人もの友だちの名前が書いてあるガラス板があったので、みんなも同じ蟯虫がいたのだろうと思いました。顕微鏡が一台しかないので、先生が友だちの親に順番に同じように説明しました。全部の親に説明が終わった後に、先生が「これはサントニン®というお薬ですが寝る前に一袋を服用してください。そして一週間後にもう一袋を服用してください」と言って二袋を渡してくれました。服用した翌日から肛門の痒みがなくなりました。サントニン®の効果であることがわかりました。

今では寄生虫についてはあまり関心がなくなってきました。その理由は有効な駆虫剤が発売されたことと、衛生教育が広まったことが大きいと考えられます。それを物語るかのように、戦後間もなくから施行されてきた寄生虫検査が平成二十七年に廃止され、時代の流れを感じます。

今になって子どもの頃の自分の行動を考えると、伸びた爪を噛む癖があったし、遊んで手が汚れたらズボンに手を擦るだけ、またトイレの後や食事の前に手を洗う習慣はなかったし、肛門部がかゆいので爪が伸びた手でお尻を掻きました。

後日談

昭昭和六十年頃だったと思います。去痰剤として「レフトーゼ」を使用していたので日本新薬のＭＲ（Medical Representative＝医薬情報担当者）と話し合うことがありました。そのとき子どもの頃にサントニン®を服用して蟯虫を駆除したことを話したら、「うちの会社は昭和十五年（一九四〇年）にはヨモギを原料として初めてサントニンを抽出し、国産化に成功して回虫・蟯虫を駆除する特効薬サントニン®として売り出し、家庭から軍隊にまで広く使用されて大きくなった会社です。その原料となったヨモギは京都の壬生《みぶ》の他には山形県大江《おおえ》町《まち》七軒《しちけん》が産地でした」と教えてくれました。私の肛門の痒みを癒やしてくれたサントニン®の原料のヨモギは大江町（左沢《あてらざわ》）でも栽培されていたと知り、大江町に急に親しみを覚えました。

　大江町の町史を読むと、紅花《べにばな》と青苧《あおそ》が盛んに生産され、それを北前船《きたまえぶね》の運行で町は栄えてきましたが、化学染料や化学薬品の製造の影響で、しだいに活気を失っていきました。しばらくして、青苧を耕作した土地がサントニン®の原料となるヨモギの栽培に適していると教えられ、ヨモギの栽培を始めた農家は経済的に潤い、一過性ではあったが大江町の財政に寄与したとありました。

ほろ苦い思い出㈡

扁平足

小学六年生のとき、クラス生徒の全員が体操場に集められて、腰を下ろして裸足で足底を広げさせられました。担任の先生が幅一〇センチメートルくらいの板を持って私のところに来たとき、足底を見て「扁平足」と言いました。みんなの前で扁平足と体の不具合を言われ、私はこれまで体のどこも悪くはなく普通に過ごしていたので、驚きのあまり気持ちが急に落ち込んでしまいました。

扁平足の人は何が不都合なのかがわからないので、家に帰り父に言ったら、父は「足底の土踏まずがへっこんでいないので、長歩きが出来ないから兵隊検査では不合格と言われた人がいたらしい」と言って気にもしていない様子でした。

翌日学校に行くと、友だちから「扁平足」と軽蔑したような顔で言われ自信がなくなりました。その日から扁平足とはどういう病気なのか、どうすれば治るのかと真剣に悩みました。担任の先生に相談すると「河原に行って何回も石を踏めばよくなる」

と教えられたので、それからほぼ毎日最上川の原っぱに行き石踏みをしました。

天気のよい日は石が日光で熱せられるので、その熱い石を踏むと痛くて我慢が出来ないくらいでした。父とお風呂に入って上がり床上の濡れた足跡を見たら、父の足跡は足底の土踏まずの部分が抜けていますが、私の足跡は全部濡れたままでした。

毎日二キロメートルくらいの通学路を歩いても疲れないし、他の人に比べて特に歩くのに劣るところはありませんでした。数カ月くらい経ったとき、学校帰りに友だちの家に遊びに行こうとしたら途中にお寺がありました。お寺の門前にお釈迦様の足底が刻んである仏足石（次頁）がありました。よくみると土踏まずのくぼみはなく、のっぺらとしたいわゆる扁平足でした。このとき私の足底はお釈迦様と同じであることを発見し、急に嬉しくなりました。これで劣等感を持たなくてもよいと思うと天にも昇る気持ちでした。

兄に辞書の引き方を習い、仏足石について調べたら、お釈迦様の足の裏の形を刻みつけた石のことで、お釈迦様の足跡を信仰の対象としたものでした。指の渦巻き紋は太陽を象徴し、真ん中の千輻輪紋は仏法が太陽のように万遍なく行き渡り、衆生の苦しみを救うことを意味するとありました。

　大人になっても扁平足はそのままだったので、体についての劣等感は残っていました。医学部に入り、三木威勇治《みきいさはる》著の整形外科の教科書にあった疾患別の項目で、最初に開いたのは扁平足の項目でした。目を皿のようにして読みましたが、原因・治療についてはたった数行しか記載はなく、結論として放置してよいということでした。そうすると子どもの頃から悩み続け、劣等感を植え付けられた扁平足の有無の検査とは何だったのでしょうか。

仏足石

ほろ苦い思い出㈢

口角炎

小学二年生の頃のことです。五月頃に朝起きて口を動かすと、口の上唇と下唇が合わさる両端の口角の部分が裂けてきて、大きく口を開けようとすると痛くて開けることが出来ず、無理して大きく開けようとすると裂け目から少量の出血がありました。また食事や、会話をしたときには強い痛みがあり、どうしたらよいかわからなくなりました。

数日経つと、口角に薄黄色のカサブタ（アゲモノ）ができ、気になるので手で取り除くとその部分がジクジクと湿った状態になり、出血しました。数日後には自然に消失しましたが、しかし何回も繰り返すことがありました。

学校へ行くと友だちの茶目《ちゃめ》君も野歩《のっぽ》君も同じように両端の口角の部分が裂けてきて、口を開けると痛いと言っていました。学校から家に帰ってきて父や母の顔を見ても口の周りに異常がなく、どうして大人はならずに子どもの私になるのか不思議に思いました。大人は唇が硬いからならないのかなどと勝手な想像をして我慢しました。両親と同じ食事をしているのに子どもの私だけが口角炎になったので、少なくとも口角炎の発症に栄養不足が関与するなどとはまったく考えも及びませんでした。

今になって思うと、胃の調子が何となくよくなかったときや、発熱や咳などの風邪を引いたとき、それに学校帰り友だちと遊びに夢中になり疲れ切ってしまった翌日などにも口角炎になったような気がします。

小児科医になって診ると、口角炎で外来に受診する子どもはほとんど見かけませんでした。皆健康でかわいい顔をした子どもたちばかりです。なぜ今は口角炎に罹る子どもが少なくなったのでしょうか。

原因としては、まず栄養不足が挙げられます。昭和二十五年頃は日本全体の食糧事情は悪く、十分にごはんを食べることができない家庭があったことも事実のようでした。食べることが出来たとしても、主食（雑穀米）に味噌汁などの汁ものと、惣菜が一品、それに塩っ辛い漬け物を添えただけの、いわゆる一汁一菜の粗食でした。

栄養不足について詳しく言えば、ビタミンＢ２の不足が考えられます。成長期の子どもはエネルギー消費量が多いので、ビタミンＢ２、Ｂ６は絶対必要です。そのために牛乳・乳製品、お肉などの動物性食品、落花生などの豆類、卵、緑黄色野菜、かつお、まぐろなどの魚類の摂取量を増すことが予防であり、治療でもあります。またビタミンは皮膚や粘膜を正常に維持するために必要な栄養素であり、不足すると皮膚や粘膜が損傷を受けやすくなります。

もし現代において子どもが口角炎に罹ったとするならば、例えばインスタント食品中心の食事であるとか、緑黄色野菜が不足しているなどという偏った食生活が考えられます。

戦後の食うや食わずの生活を体験した当時の子どもと現代の飽食の子どもとでは食生活の内容は大きく異なるものの、いずれにせよ病気の発症に食生活が大きく関与しているということが理解できます。

ほろ苦い思い出㈣

なめかんい

小学四年生の頃です。十一月に入ると空っ風が吹き出し、朝は外気温が下がり、吐く息は白くなり、手は冷たく時々頬に手を当てながら背中を丸めて登校しました。午後になると少しは気温が上がり、友だちとワイワイ言いながら家に帰り、コタツに入って干し柿などを食べて親の農作業からの帰りを待ちました。

口に食べ物を入れると唇が乾燥してカサカサします。水を飲んで濡れた舌で唇を舐めるとカサカサが癒やされ、気持ちが落ち着きました。しかし少し時間が経つと、また唇が乾燥してしまうので、無意識に唾液を含んだ舌で唇を濡らしました。

乾燥した唇を舌で舐めたつもりでいましたが、いつの間にか口の周囲の皮膚*（肌）

＊　皮膚とは上皮、真皮、皮下組織のすべてを、肌とは上皮の中の角質層をいいます。

にまで舌が伸びて、口の周りに赤い輪状の腫れができてしまいました。すぐに唇が乾燥するので唾液で濡らした舌を使って同じことを何回も繰り返したからです。唇とその周りの皮膚（肌）がヒリヒリとした痛みと痒みがでて我慢が出来なくなりました。

唇の周りの赤い輪状の腫れをみて親は「なめかんだから唇を舐めるな、舐めると益々唇の周りの赤い輪状の腫れが痛くなる」と言うだけでした。姉がガーゼとゴム紐でマスクを作ってくれて、口の周りに風が当たらないようにしてくれました。これで少しは唇のカサカサと口の周りの赤い輪状の腫れは改善したようでしたが、息苦しくなるのでヒリヒリ感を我慢しながら時々マスクをはずして深呼吸をしました。

翌日あたりからヒリヒリ感はなくなり、赤みと腫れは軽減したようでした。中学に行くようになってからは、なめかんにはならなくなりました。今でも冬のなり始め頃になると、子どものときのなめかんを思いだします。

小児科医になって五十年過ぎた今、なめかんの患者さんを診察することはほとんどなくなりました。なめかんについて学生時代に皮膚科の講義で教わったかどうかは定かではないので、最近になって調べてみたくなりました。

なめかんを診察する機会が少なくなったのは気象変動なのか栄養の改善なのかはわ

かりません。なめかんの正式な病名は口唇部唾液性接触皮膚炎です。皮膚の表面には汗腺から分泌する汗と皮脂腺から分泌する皮脂とが混じりあって皮脂膜がつくられます。その皮脂膜は体温に近い約三五～三六度で融けて皮膚（肌）の表面に広がり、薄い膜となって皮膚（肌）の水分の蒸発を防ぎ、皮膚（肌）の潤いを保持します。

　唇には汗腺も皮脂腺もないために皮脂膜はありません。そのために乾燥する寒い季節になると、部屋の外は湿度が低く部屋の中も暖房器具で乾燥していることが多いため、唇はすぐにカサカサして荒れてしまいます。

　乾燥した唇を湿らせようと舌でなめると、唇は湿るが口の周りの皮膚（肌）を潤している皮脂膜までも舌先のザラザラで傷つけて皮膚（肌）を荒らしてしまいます。そのために、ヒリヒリとした痛みと痒みの混ざった感覚となります。

　冬場の唇の乾燥を防ぐには、水分を多めに摂ることと、少し冷めた白湯をこまめに飲んで口唇を舐めないようにすることです。また肌の皮脂膜を保護するため、少し大きめのマスクをすることです。

ほろ苦い思い出(五)

散　髪

村には床屋さんが一軒ありました。しかし小学校低学年までは床屋さんに行って散髪してもらうのは、お盆と正月やお祝い事があるときだけでした。それ以外は縁側で椅子に座って母が手動バリカンで散髪してくれました。その準備が大変でした。先ず風呂敷をエプロン代わりにして前に広げ、首には散髪した髪が入らないようにタオルを巻きつけるのです。

母は丸刈りのつもりでバリカンを操作するのでしょうが、バリカンを動かす度に刃に髪が引っかかり痛い思いをし、少し気を許すと虎刈りになり、挙げ句の果てには切った髪が目に入ったりと散々でした。

少しの痛みは我慢するのですが、度重なって我慢できずに頭を動かすと「もうすこしだから我慢しなさい」と母に叱られました。母も月に一度の作業なので上手なはずはありませんが、真剣にバリカンを操作していたと思います。終わってみればイガグリ頭でした。これが原因で自宅での散髪にはよい思い出がありませんでした。

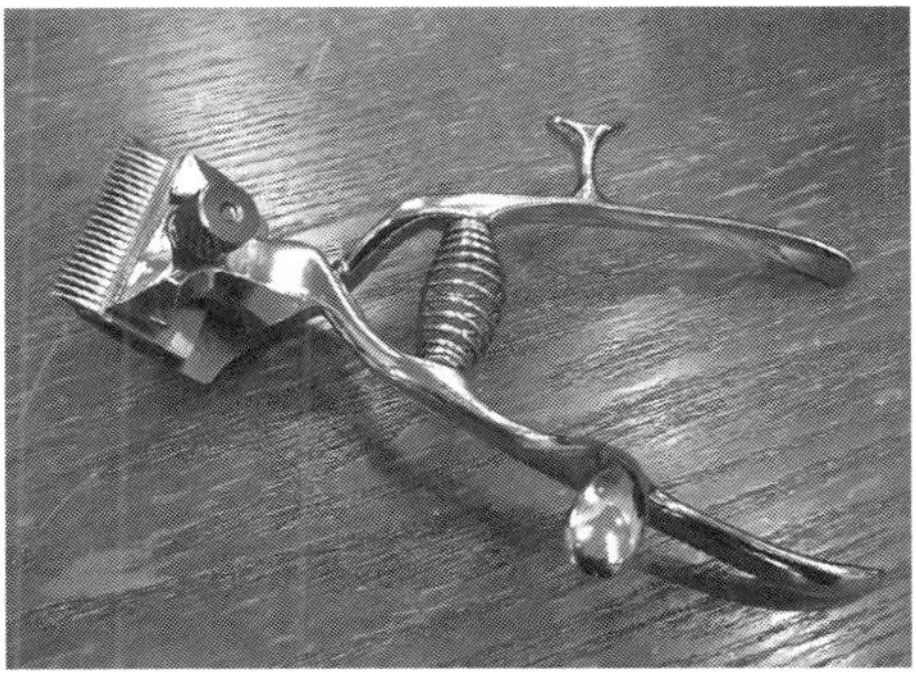

バリカン

民間療法

小学校低学年までは体幹に比較して頭が大きいのですぐ転び、膝や下腿部を頻繁に傷つけました。擦り傷などは日常茶飯事でした。消毒としては赤チンキ（マーキュロクロム液）を患部に塗り、あまりひどいとガーゼを当てて包帯で覆い処置しました。

抗生物質がなかったので化膿することも度々ありました。そうすると足の付け根（鼠径部）が腫れ、痛みを感じることがありました。親に「足の付け根（鼠径部）が腫れた」と言うと、足の付け根に硯《すずり》で磨った墨を筆で丸く塗ってくれました。こうすることで足の付け根の腫れが引き、痛みが取れるということでした。

遊ぶことに忙しくしているうちにいつの間にか痛みもなくなっていました。どうして足の付け根に塗った墨が治癒に関与するのか、そのメカニズムなどを聴くことを忘れて今に至りました。墨には防虫効果・殺菌効果があるとの記載があるので、民間療法で応用したのだろうと今になって思いました。

現代の医学から免疫学的に考察すると、体内に異物（細菌）が入るとマクロファージや好中球などの貪食細胞やＮＫ（natural killer）細胞が直接異物を殺傷することになりますが、子どもの場合は治癒力が十分でないためにリンパ節が腫れたと推察されます。しかし、硯で磨った墨をリンパ節のある鼠径部に塗らなくても治っていたのではないでしょうか。

腫れた足の付け根に墨を塗ることがたとえお呪い《まじな》い的治療であったとしても子ども心に安心感を与えたので、この民間療法はよかったのかもしれません。

第二章

ふるさとの行事

線香花火

小学校二年生の頃、夏休みに友だちの非華《ひばな》ちゃんと日中最上川で水泳ぎをして、ひと休みしてから近所の駄菓子屋さんに線香花火を三十本買いに行きました。店のおばちゃんが「火事になると危ないから、家の庭で親と一緒にしなさいね」と言って花火を渡してくれました。

夕食後周りが暗くなったので非華ちゃんと線香花火の紙の先端に火を点《つ》けると、火玉が震えたり、火花が飛び出したり、火花が激しく散って松葉のようになったりと燃え方が色々変化しました。火薬が直径五ミリメートルくらいに丸くなり、消える直前には火花が分裂しなくなり、火球は落ちて燃え尽きてしまいました。

私には火花が震えたり、松葉のようになって激しく散って行くことにはほとんど興味はなく、ひたすら非華ちゃんとどちらの花火の火玉が落ちないで長く続くかを競い合いました。持続時間の長さに勝っては喜び、負けては残念がりました。風が吹いているわけでもないのに、どうして線香花火には火玉が落ちるまでの時間に違いがあるのかはわかりませんでした。

二人とも線香花火の燃えている時間を競い合うことに飽きてきた頃に私の兄の親切《しんせつ》さんがやってきて「長く燃えさせるには線香花火を揺らさないで、軸の角度を少し傾けた方が良いよ」と教えてくれました。早速教えられたように実行したらやはり燃え尽きるまで火玉は落ちませんでした。そのとき親切兄さんは何でも知っているなあと感心しました。

最近、線香花火の燃え方と人の一生を重ね合わせて考えてみました。点火してから燃え尽きるまで、すなわち人がこの世に生を受けてから命が尽きるまで、それぞれの人が一生のうちで最も輝ける時間や輝く度合いには色々違いがあります。しかし途中で体調を整えると寿命が延びたりすることもある、ということを教えてくれているように思いました。

去年の夏に幼稚園と小学校一年生の孫たちが来たので、花火遊びをするようにと線香花火を買いました。しかし、普段孫たちが住んでいるところは広い庭もなく、隣近所にお友だちも少ないので、自分たちで花火に着火する機会もあまりないためか、線香花火に興味を示しませんでした。

火遊びをしないことはよいことかもしれませんが、線香花火は江戸時代からの日本の文化であり、日本人の遊び心が脈々と繋がっていると思われるので、これからもぜひ残して欲しいと願うものです。

七十年前のお正月

元日の朝、父に「あけましておめでとうございます」と言うと、父は穏やかな顔で「お前は今年で十歳なので、これから神社にお参りに連れていくが、その作法を教えておこう」と言いました。

そして「まず賽銭箱にお賽銭を入れる。その後に鈴を鳴らし、丁寧に二度深くお辞儀し、それから胸前で二度柏手を打ち、最後に一度頭を深く下げる。お辞儀をする際は腰を四十五度から九十度くらい曲げるんだよ」と教えてくれました。

家から五百メートルくらい離れたところに村社・白山神社があるので父と一緒に行き、教えられたとおりにお参りしました。これまで父とは意味のある会話を交わしたことがなかったので、そろそろ一人前とみてくれるのかなと思うと嬉しくなりました。また神社の境内は、いつもは遊び場なので特に神聖さを感じたことはありませんでしたが、その日は何となく清々しい気分になりました。

二日は、朝から家の前の通りは白い紙に筆字で赤く「初荷」と書かれた旗を荷物に立てた車が何台も走っていきました。これから世の中は景気がよくなるのかなと、子ども心にも感じました。

午後になると兄が「今日は初売りだから山形のカスカワ運動具店にスキーの板を買いに行こう」と言い出しました。バスで山形へ行きカスカワ運動具店に着くと、お客がいっぱいで身動きできないくらいでした。順番を待ってスキー板の並べてあるところに行って眺めると、大きいのから小さいのまで、また色も様々でどれを選んだらよいのかまったくわかりませんでした。兄は「スキーの長さは手を挙げて同じくらいの長さがよく、ストックは脇の下に収まるくらいの長さがよいよ」と言って選んでくれました。

嬉しくて天にも昇るような気分でした。兄がお金を払うと店員さんが福引き券をくれました。引換所には一等賞の座布団十枚と二等賞の陶器の火鉢が並んで飾ってありました。空クジなしというので、クジを引くと敢闘賞として黒砂糖の小さな袋詰めが当たりました。

三日は午前中に山伏の服装をした『ほうえん様』が来て床の間で祝詞《のりと》を上げてくれました。その後に「家内安全・無病息災」と印字されたお札を「どうぞ神棚にお供えください」と言って差し出されました。すると母はお盆にお米一合くらいを山盛りにして「ありがとうございます」と言って差し上げました。

『ほうえん様』とはどのような人なのか当時はよくわかりませんでした。日頃は村の共同作業所で、秋には脱穀の手伝いや夏には味噌づくりのための豆を煮るのを手伝ってくれている人で、お正月の三日だけは山伏姿になり、各家庭を回って祝詞を上げてくれたのです。

大人になって出羽三山のことを調べていたら『法印様《ほういん》』という人のことがでていて、神仏習合の信仰の修験者のことで、不動院という仏堂の別当をしている者であるとありました。子どもの頃に見聞した『ほうえん様』とは、この『法印様』が訛った呼称ではなかったかと思います。

ついでに「家内安全」とは家族に事故や病気がないことを、「無病息災」の無病とは病気に罹っていないこと、息災の「息」は「消」と同義語で仏の力で天災・病気などの災いを除くという仏教用語であることがわかりました。

最近はこのような行事はほとんどなくなりました。これからはどのような行事がうまれてくるのでしょうか。

村のできごと

昭和二十五、六年頃のことです。私の住んでいた村には八十戸くらいの家がありました。ほとんどが農家で、左官と竹細工の職人だけが他の職種でした。戦後まもなくだったので、どの家も裕福とは言えず、そのためか村民がまとまって行動していたようです。

どこの家でも子どもは三、四人いて、長男が家を継ぐことに暗黙の了解があったようでした。そのような状況の中で、おおまかに十歳代、二十歳代、三十歳代で村内での役割が決まっていました。

十歳代

小学四年生から中学三年生までの四、五人が一組になり、夕方暗くなると拍子木を持って「火の用心、火の用心、マッチ一本火事の元」と大声で叫びながら村中を歩きました。

小正月が過ぎた頃に大人衆がお礼として子ども全員を集会所に招きました。村長さんが「皆さんのおかげで去年一年間に火事はありませんでした。ありがとうございます」とお礼の挨拶の後に五目ごはんをご馳走してくれました。大人からお礼の言葉を述べられて子どもたちは嬉しくなり、笑顔になりました。

二十歳代

村内の十八〜二十五歳くらいの男女の若者は青年団に入団しました。お正月休みに集会所で団員による素人演芸会が開催されました。各家でお重に食べ物を詰めてみんなで食べながら団員による唄や踊り、それに演劇を観ました。熱演があると「いいぞ！」と観衆が声を出し、舞台に向けておひねりを投げて盛り上げました。
大人たちは出演者の演技を見ながら「甚平さんの娘はきれいになったな。門太郎さんの息子は逞しくなったな」などと他人の娘や息子の品定めの場ともなりました。

三十歳代

結婚して各家の後継ぎになった男衆らは消防団に入団しました。正月には村の消防屯所の前で出初め式を行ない、これで一人前と認められたようでした。

盆踊り大会

八月十六日のお盆の晩に村社の境内にやぐらを作り、子どもも大人も一緒に輪になって盆踊り大会が開催されました。この催しが年頃の男女の出会いの場ともなったようで、これを機会に夫婦になったカップルがたくさんありました。

『山形盆唄』

〽ハア　ヤーレンヤーレン　ハヨイハヨイ　盆が来た盆が来た　山越え野越え
ハア　アリャアリャ　アリャサ　ハア　稔る黄金の　ヤーレン　ハヨイハヨイ

ヤレサ　波越えて　ハア　アリャアリャ　アリャサ
ハア　ヤーレンヤーレン　今年はじめて　我が子が踊る
ハア　褒めて下んせ　お月様
ハア　ヤーレンヤーレン　盆の十六日二度あるならば
ハア　お墓詣りも　二度詣る

枝豆売り

子供会が中心になって、六月の中旬頃に村内の空き地や村道の傍らに移植ベラで種豆を植えました、お盆の時期になると今度は枝豆を収穫して一把毎に束ねて各家に十円くらいで売り歩きました。その収益金は村の会計に入ったようでした。

田んぼの畦づくり

五月の連休の頃に、朝八時頃から各家から一人スコップを持って集会所の前に集まり、田んぼに十分に給水ができるように田んぼの畦の整地や、給水路の掃除と泥上げを行ないました。十一時頃に終わり、その後集会所で『ご苦労会』が開かれました。

これからの対応

このような行事は今ではほとんど行なわれなくなりました。その大きな要因は農業に従事している人が少なくなり、若者夫婦は労働者として給料取りになって町へ出かけるようになり、また少子化で子どもが少なくなったからです。

以前のように村の行事に全員が参加しようとすると可能な日は休日だけなので、個人主義が主流となった今日では無理があります。これからは昔のやり方を懐かしむのではなく、時代にあったやり方を模索していくしかないのでしょう。

市《いち》

昭和三十年代の頃寒河江町《さがえまち》の大通りで市が立ち、多くの人で賑わいました。最近では路上で露店を出すのは車の往来の邪魔になるためかほとんど無くなり、広場や駐車場でささやかに開かれるようになりました。そのためか以前のような街中の賑わいはなくなり、昔の賑わいを知るものにとっては寂しい限りです。

歳《つめ》の市

十二月二十九日に正月用の飾りもの、長ぐつ、雪かき道具などの雑貨、セーターやマントなどの衣類、昆布や塩鮭などの海産物の販売を目的に街中の大通りの両脇に露店が開かれました。

冬至の直後なので日は短く、その上雪降りで寒いので温かい玉こんにゃくが飛ぶように売れていました。夕方近くになると売り手も早く売り終えたいのでだんだんと値引きを始めます。買い手は「待ってました」と言わんばかりに集まり、「もう一声、もう一声」と値引きを誘導しました。子どもながらに大人の売り手と買い手の駆け引きを見て商売は面白そうだなと感じました。

露店を出す場所割りは今では警察が担当しているのかも知れませんが、その頃は露店を出す場所を決めるのはちょっと厳ついおじさんが仕切り、いわゆる所場代を徴収していました。正確な金額まではわかりませんでしたが、一店当たり三百円から五百円くらいではなかったかなと思います。

初市

一月十日には街中の交通量の多い道路の両脇にまな板、臼、杵、はしご、脚立などの木工品、大根や白菜などの野菜、大豆や小豆などの穀類などを並べた露店が立ち並びました。売り手は、最初のお客が女性であれば並べた品物が全部売り切れるという縁起を担いで、女性客に積極的に声をかけて売ろうとしました。

父に連れられて初市に行き、だんご木（ミズキの木）とそれに付ける色とりどりのフナせんべいを買い求めて家に帰り、母が手作りした団子をだんご木に一緒に刺して八畳の部屋に飾ると、一瞬にして部屋が明るくなりました。嬉しくなって友だちを招いてだんご木飾りの下で甘酒を飲み、カルタなどをして楽しみました。

その頃は何のためにだんご木飾りをするのかはまったく知りませんでしたし、知ろうともしませんでした。大人になってから、小正月（一月十五日）の行事として五穀豊穣を願うために行なうということを知りました。

また初飴も売っていました。父は「初飴をなめると一年間病気に罹らない」と言って買ってくれたので、舐めながらるんるん気分で帰ってきました。

共存できるか

西川町《にしかわまち》では働き世代や子育て世代の多くは山形市や寒河江市に居を構える人が増えてきたため、地元では空き家がみられるようになりました。それに呼応するかのように空き家の庭先から小屋にまでサルがうろつくようになりました。

山奥住人《やまおくすみと》さんが昨年九月に八十六歳で亡くなりました。息子の世科玲《せがれ》さんは亡父の墓を建立することにしました。墓地は自宅から車で十分くらい走ったところにある山際の平地で見晴らしが良いところにあります。墓石屋さんと相談し、石材は黒色の御影石を用いることにしました。建立は春の雪解けを待って五月にしました。

しっかりした土台に建立した墓石は光沢があり、ピカピカして鏡のように自分の姿がはっきりと映って見えました。親戚の人を招待し、お寺の住職さんにお経をあげていただき、墓に魂を入れるお性根《しょうね》入《い》れを行ないました。

初盆にはお墓参りを家族全員で行ない、新しい墓に線香とお供え物を手向け「これで父も安心してあの世で暮らせるだろう」と話し合いました。夜には普段バラバラに住んでいる家族と久しぶりに一緒に食事をしながら亡父を偲びました。

秋のお彼岸が近づいたので息子の世科玲さんが墓掃除に行くと、墓石が倒され無残にも見る影もなくなっていたので、声も出せず呆然としてしまいました。一体何者が墓石を倒したのだろうか。冷静さを取り戻してから色々考えをめぐらしました。初盆で墓参りをしたときにはお供え物を持ち帰り、きれいに掃除して帰ったのでお供え物との関係は否定できました。

これまでも家の庭までサルが出没することが度々あったことを思い出し、食べ物を探しに来たサルが、墓石に映っている自分の姿をよそのサルと勘違いして、墓石を倒してしまったのではとの考えに至りました。

要するにサルの縄張り争いという習性によって、亡き父のために建立した立派な墓石が無残にも倒されてしまったのです。落胆した息子の世科玲さんは、先祖の残したこの土地でこれからもこのまま生活していけるかを真剣に悩み始めました。

春の七草

年末にこれまで通り、年始を寒河江で過ごすために東京から孫軍団がやってきました。私ども老夫婦にとって孫軍団には来て欲しいが、出来るだけ早めに帰って欲しいというのが本音です。と言うのは老夫婦だけの平穏な生活から一転して喧噪な生活になるからです。

年末に食料品を冷蔵庫がいっぱいになるほど買い込んでおきましたが、孫軍団が帰った後はほぼ空になってしまいました。松の内の四日にスーパーへ食料品の買い出しに行くと、「春の七草」が小さなビニール袋にパッケージされて並べてありました。高校の古文で「せり、なずな、ごぎょう、はこべら、ほとけのざ、すずな、すずしろ、これぞ春の七草」と暗記したのを思い出しましたが、七草全部を見たことがなかったので、さっそく買い求めてみました。

家に帰って広げてみたところわかったのは、せり（芹・セリ）、すずな（菘・カブ）、すずしろ（清白・ダイコン）だけでした。わからなかった、なずな、ごぎょう、はこ

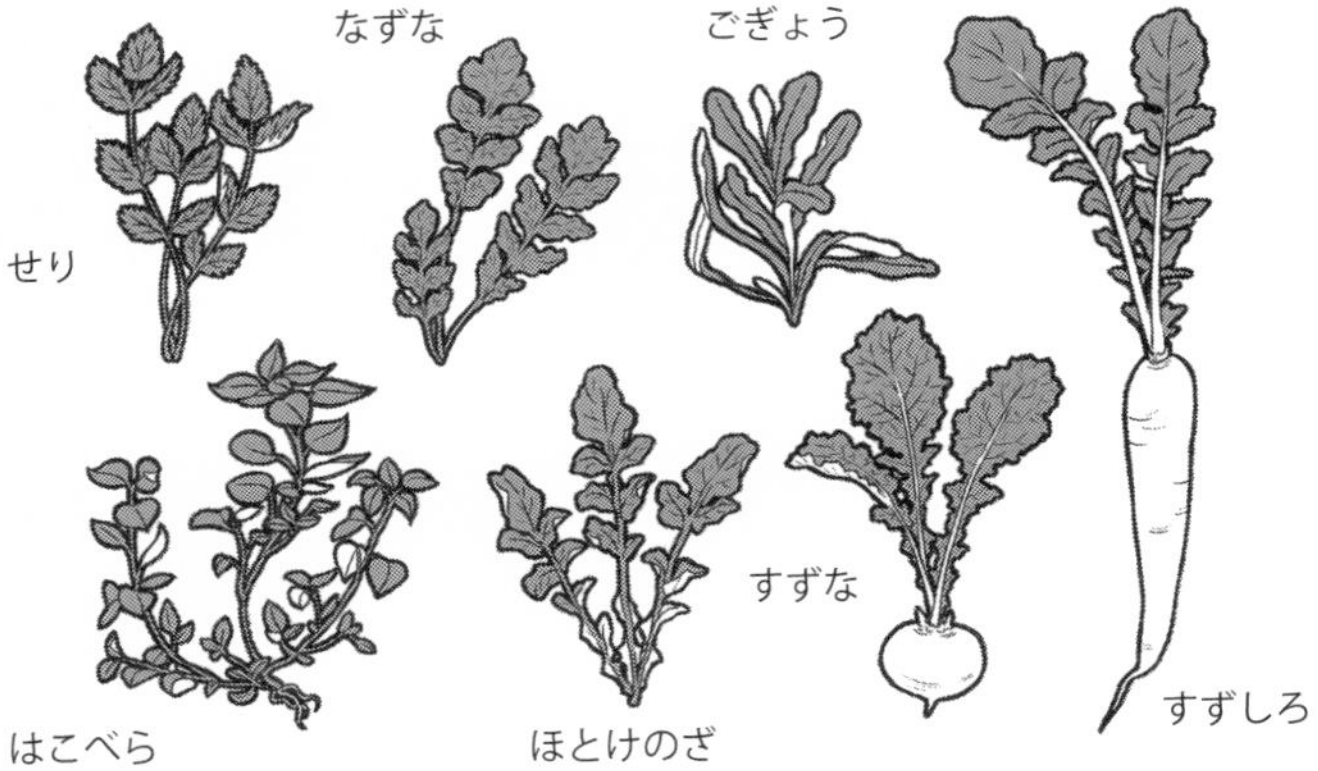

べら、ほとけのざについて、あらためて本で調べてみました。

なずな（薺）は三味線のバチに似ているペンペン草のことで、ごぎょう（御形）はハハコグサとも呼ばれ、茎葉の若いものは食用にできるそうです。はこべら（繁縷）はハコベのことで、茎のつけ根に花径四〜六ミリメートルの小さな白い五弁花をつけています。ほとけのざ（仏の座）はタビラコのことで、黄色い小さな花をつけます。これらは通常雑草のたぐいなので自然に田畑や荒れ地、道端に生えているのでよく見られると書いてありました。

『古今集』に、「君がため 春の野に出でて 若菜摘む 我が衣手に 雪は降りつつ」という光孝《こうこう》天皇の歌がありますが、これは何月のことかはわかりませんが、若菜とは春の七草であると注釈にあり、早春に新鮮な七草を食したいという気持ちがうかがわれます。

文献によると江戸時代に一月七日（新暦では二月上旬）を「七草の節句」と制定し、七草粥を食べることを勧めたとあります。お正月にはおいしいご馳走を食べる日が続いたので、七草を入れた粥で疲れた胃腸を休ませるという目的があったようです。

七草の効果については次のようです。


せり（芹）はセリ科の緑黄色野菜で保温効果や高血圧の予防にすぐれている。

なずな（薺）はアブラナ科でカロチンやカルシウムが豊富で感冒の予防になる。

ごぎょう（御形）はキク科で咳や痰に効果がある。

はこべら（繁縷）はナデシコ科で腹痛薬になる。

ほとけのざ（仏の座）はキク科で胃腸の働きを整える。

すずな（菘）はアブラナ科で葉はカロチンやビタミンCの多い緑黄色野菜である。

すずしろ（清白）はアブラナ科でビタミンA、C、ジアスターゼ、アミラーゼなどが含まれ、消化不良、二日酔い、食物の消化促進の効果がある。


日頃私たち老夫婦の食事は野菜や海産物を中心とした和食が主ですが、孫軍団と食事をするとハンバーグ、ピザ、焼きそばなどと胃腸に負担がかかる食事になるので、彼らが帰った後は胃腸を休ませたくなります。

そうすると春の七草が入った七草粥がよい食事であることはわかりますが、これらの若菜は雪の下に生えているので雪深い内陸地方ではとても一月中に採取するのは難しく、ほとんどが三〜四月になってからなので、「七草の節句」には間に合いません。そこで、来年の一月七日にはスーパーの野菜コーナーに並んでいるセリ、カブ、ダイコンに、新鮮さに欠けますがニンジン（セリ科の緑黄色野菜でカロチンを含み抗疲労、抗ストレス作用がある）やゴボウ（キク科の植物繊維でポリフェノールを含み、発汗利尿作用がある）などを入れた納豆汁を七草粥の代用として食しようかと考えています。

第三章

旅の思い出

半世紀前のウィーン旅行

これから述べることは四十九年前、すなわち一九七一年のことです。十年ひと昔と言いますが、この言葉を借りれば五昔のことです。この四十九年間に政治、経済面で世界情勢は大きく変わりました。

今では海外旅行は日常茶飯事で、行こうと思えば誰でも、またどこへでも簡単に行ける時代になりましたが、当時の日本では海外旅行はそれほど一般的ではありませんでした。例えば海外旅行に持参できる日本円は二万円までと制限がありました。なお当時の為替レートは一ドルが三六〇円でした。

今は地球レベルではなく、宇宙レベルで月に行こうという時代なので、昔のことを述べることは無意味かもしれませんが、時間の経過が考え方の価値観に大きな変化を与えたことは確かです。そこで自分なりに価値観を見つける意味で記憶を元にまとめてみました。

きっかけ

中学校の音楽の授業にレコード鑑賞という時間がありました。私は民謡や流行歌には興味はありましたが、洋楽にはまったく興味はありませんでした。音楽担当の先生が「今日はモーツァルト（Mozart）作曲のトルコ行進曲を鑑賞します」と言って音盤に針を当てると、軽やかで非常に親しみやすい曲が流れてきました。これまで聴いた洋楽は荘厳ではあるが重い感じでどうしても身近さを感じられませんでしたが、このトルコ行進曲はそれとはまったく異なり、完全にモーツァルトの虜になってしまいました。

これがきっかけでモーツァルトは凄い作曲家であると感銘し、放課後に図書室に行き、どこの国の作曲家だろうと調べたらオーストリア（Austria）のウィーン（Wien）で活躍した人であることがわかりました。

二十代の頃から、いつかはモーツァルトが活躍したウィーンの空気に触れ、洋楽の感動を味わいたいという気持ちが湧き、三十歳になってもその気持ちを抑えられなくなり、ついにNew Orient Expressという旅行社に交渉し、出発日時と滞在ホテル、それに滞在日数などについて話し合いをしました。出来るだけ低料金でという欲張りの希望で何回か旅行社の方と話し合いを持ち、その結果北回り欧州航路がよいという結論に至り、モスクワ経由で共産圏に入り、その後オーストリアへ入るコースを選びました。

モスクワ経由でウィーン旅行を計画していることを兄に話すと「モスクワ経由なんて、もしシベリア上空で航空機が墜落しても遺骨拾いには行かないから」と言われ、言葉の裏には北回りでは行かせたくないという気持ちが強く感じられました。その気持ちは当時の日ソ関係を考えると当然のことでした。

後日旅行社から旅行に関する小冊子が届き、それには旅行日程、持ち物のチェックリスト、簡単なマナーなどが書いてありました。なお必需品としてお薬は多めに、洗面具と化粧品、インスタント和食、洗濯セット、スリッパとありました。

モスクワ（Москва　旧ソビエト連邦）

一九七一年八月二十一日十時十分、日本航空（ＪＡＬ）四四一便・ダグラスＤＣ－8で東京国際空港（ＨＮＤ）を離陸し、モスクワへ向かいました。座席は狭く少し窮屈でしたので、約十二時間の飛行は長く感じました。

シベリア上空を飛行しているとき、窓から一面が荒野のような大陸が見えました。兄から「もしシベリア上空で墜落しても遺骨拾いには行かないから」と言われた言葉を思い出し、これなら仕方がないと諦めると気持ちが落ち着き、間もなく睡魔に襲われてまどろんでしまいました。

どれくらいの時間が過ぎたかはわかりませんでしたが、客室乗務員（キャビンアテンダント）から「お食事です」と声をかけられ目が覚め、生まれて初めて機内食を食べました。トレーにコンパクトに食事がセットされ、見た目に楽しくなる食事でした。

座っている時間の経過と共に下腿が膨らんできて、それを解消するためにトイレに立つのですが、窓際の座席だったので通路に出るには三人くらいの人に「すみません」と声がけをして通路に出なければならないので、立ち上がるのをためらっていたら下腿がパンパンになりました。今はエコノミークラス症候群という診断名がありますが、当時は「下腿が随分腫れるな」と思うくらいで、あまり気にしませんでした。

モスクワ上空に近づくと機内アナウンスで「この近くには軍事施設があるので窓からの写真撮影は禁止されています。もし撮影するとカメラを税関で没収されることになりますので充分に気をつけて下さい」と言われ、そのときに「ああ〜共産圏に来たんだな」という実感を味わいました。

モスクワ市内から約四〇キロメートル離れたシェレメチェボ（Sheremetyevo）国際空港（ＳＶＯ）に現地時間で十四時十分に到着し、税関に向かいました。周りにはきつい顔をした軍隊さんが何人もいて旅行客を監視していました。室内灯は明るいとは言えず寒々とした雰囲気で、一時も早く出国したい気持ちでした。

ウィーン（Wien　オーストリア）

シェレメチェボ国際空港から乗り換え（transit）て約三時間でウィーン国際空港（ＶＩＥ）へ到着しました。ウィーン国際空港は都心から約二〇キロメートル離れたドナウ川沿いのシュヴェヒャート（Schwechat）にある国際空港です。長年の夢であったウィーンの地に降り立ったとき、喜びと緊張感で身震いしました。

ウィーン国際空港からウィーン中央駅までは電車で約十五分、ウィーン中央駅から徒歩数分でPrinz Eugen Hotelに着きました。ホテルマンが笑顔で迎えてくれ、チェックインした後にボーイさんに案内されて部屋に入りました。荷をほどいてホッとして一瞬寛いだ後すぐに我に返りました。モーツァルトの生涯の足跡をたどってみたいという今回の旅の目的を想い出したからです。

あらためてフロントに行きベルキャプテンに「これからモーツァルトについて知りたいのでどこを見学したらよいですか」と尋ねると、「ウィーンに来たからにはモーツァルト関連の施設を尋ねることは当然のことですが、ヨーロッパ三大劇場の一つであり、年間三百本以上のオペラやバレーが上演される国立歌劇場（Wiener Staatsoper）、それにウィーンの森は是非見なければなりません」と教えられました。

因みにガイドブックによると、ヨーロッパ三大劇場とはここウィーンの国立歌劇場のほかはイタリア・ミラノのスカラ座とフランス・パリのオペラ座とありました。

そしてモーツァルトゆかりの場所として、六歳のモーツァルトがマリー・アントワネットに求婚したという逸話を残したシェーンブルン宮殿（Schloss Schönbrunn）、十二歳のモーツァルトがマリア・テレジア女帝にお目かかったホーフブルク宮殿（Hofburg）、モーツァルトが短い人生の中で最も幸せに過ごしたモーツァルト・ハウス・ウィーン（Mozarthaus Vienna）、結婚式と葬儀を行なったシュテファン大聖堂（Stephansdom）、療養中の妻コンスタンツェを見舞った保養地のバーデン（Baden）がよいと教えてくれました。

何気なくテーブルに置いてあるパンフレットを見ると、ベルヴェデーレ宮殿（Schloss Belvedere）まで徒歩九分、ウィーン国立オペラ座まで徒歩二十六分、シュテファン大聖堂まで徒歩三十三分、ホーフブルク宮殿まで徒歩三十五分とありました。シェーンブルン宮殿までは車で十七分とあるので、シェーンブルン宮殿とウィーンの森はバスで移動することにしました。

明日から見学するところはモーツァルトがどのような気持ちで行動されたかを思いながら見学することにし、早めにベッドに入りました。

モーツァルト・ハウス・ウィーン（Mozarthaus Vienna）

ドーム・ガッセ（Domgasse）通りにあり、ここはモーツァルトが生涯で最も幸せな時を過ごしたところで、また『フィガロの結婚』が作曲されたところでもあり、室内には作品の他に家族や周囲の人々との関係を示す展示がありました。

柱やドアにモーツァルトがつけた傷でもあれば往時を偲ぶことは出来るかなと思ったがわかりませんでした。日本語のガイドがあったので雰囲気を理解でき、ひと通り見回し終えたら自分も幸せな気分になりました。なお一階はカフェ、二階はミュージアムショップになっていました。

シュテファン大聖堂（Stephansdom）

ウィーンの街の中心に天を突くようにそびえる高さ約一三六メートルの南塔があるゴシック様式の聖堂で、ウィーン市街を一望できると案内書にありました。一方、北塔は未完成の塔にドームをつけたままでした。

大聖堂の前に立ったとき塔の高さに驚きました。室内に入ると内陣のやや中央部に説教壇があり、荘厳さを感じました。南塔の三四三段の螺旋階段を途中まで昇りましたが、最上段まで昇ってもあまり意味がないだろうと判断し、途中で引き返しました。

この聖堂でモーツァルトは一七八二年にコンスタンツェと婚礼を挙げたときは二十六歳で、最も気分が高揚した頃ではなかったかと勝手に想像しました。私を惹きつけてくれた『トルコ行進曲』は、翌一七八三年頃に作曲されたことを思えば納得がいきました。

また一七九一年に三十五歳の若さで死亡し、九年前に結婚式を挙げたと同じ大聖堂で葬儀が行なわれたとのことなので、モーツァルトに関心を持った私にとってはこの由緒ある大聖堂を見学できたことは大きな収穫でした。

ベルヴェデーレ宮殿（Schloss Belvedere）

モーツァルトとの関係ははっきりしませんでしたが、ホテルのベルキャプテンから勧められたことと、ホテルから近いので行きました。西洋画にはあまり興味はありませんでしたが、クリムトの名前は知っていたので、『ヒマワリの咲く農家の庭』を観たときはいいなと感じました。更に世界史の教科書でナポレオンのことは知っていたので、ダビッドの『サン・ベルナール峠を越えるナポレオン』の絵には感動しました。

ウィーン国立歌劇場（国立オペラ座）（Wiener Staatsoper）

これまでオペラを鑑賞したことがなかったことと、一八六九年にモーツァルトの『ドン・ジョバンニ』でこけら落としが行なわれた劇場とあったので、ウィーンに行ったら国立歌劇場でオペラを鑑賞したいと思っていました。

オペラ鑑賞の目的を果たそうと、当日券売り場でプログラム内容を聞くとモーツァルト関連のオペラではなかったこと。さらに、チケット代にもよるが男性はネクタイとジャケットの着用が望ましいとか、スニーカーやTシャツ、デニムのジーンズなどはご遠慮願いたいなどといくつかの規制が説明書に書いてありました。今後二度と来ることはないだろうと考えるとこれらの指示に従うことに努力すべきでしたが、そのときは気分的に面倒だったので入場を諦め、歌劇場の外観を見ることにしました。

歌劇場の敷地面積は約八七〇〇平方メートル（東京ドームの約六分の一）、高さは約五六メートル（東京ドームとほぼ同じ）ですが、外観はルネッサンス様式で荘厳さを感じました。

当日は脳と眼を使い果たして体力を消耗してしまい、ホテルに帰りすぐ寝てしまいました。翌朝目が醒めると、やはり説明書の指示に従い入場すべきだったと強く反省させられました。

ホーフブルク宮殿（Hofburg）

記録によると、一七六八年に十二歳のモーツァルトはマリア・テレジア女帝に二時間にわたり謁見し、一七八一年の秋にはヴュルテンベルク公爵のためコンサートを行なったとあります。そして同年のクリスマスを、モーツァルトはマリア・テレジア女帝の息子である皇帝ヨーゼフⅡ世とともにホーフブルク王宮の皇帝の部屋で過ごしたとあったので、その部屋がどの部屋なのかを確認しようとしましたが、皇帝の部屋はいくつもあり、どの部屋で過ごしたのかはわかりませんでした。

国立図書館プルンクザール（Nationalbibliothek Prunksaal）

ホーフブルク宮殿の敷地内にあり、豪華なホールという意味のプルンクザールと呼ばれるほど立派な造りの図書館で、大理石の柱と天井画が美しく、たくさんの彫像も飾られていて壁一面に貴重な本が収められてありました。

モーツァルトは一七八六年にここで「サンデー・アカデミー」と名づけたコンサートシリーズを開催し、ピアノを演奏し歌いました。一七九〇年当時のモーツァルトは成功の頂点にありました。その一年後に死亡するとは思いも寄らなかったでしょう。建物のすばらしさにはあまり関心は無く、専らモーツァルトになった気分で音の響きはどうだったんだろうかなどと感慨に耽りました。

敷地内にはウィーン少年合唱団がミサで奏でる王宮礼拝堂（Burgkapelle）、世界博物館（Weltmuseum Wien）、シシイ博物館（Sisimuseum）、王宮宝物館（Schatzkammer）

など沢山あり、これらを見学するのに一日以上を要しました。

疲れ果てて裏手に回ると、ブルク庭園（Burggarten）にモーツァルト像があり、台座には楽器や彼が作曲したオペラの一場面、家族と演奏する様子などの彫刻がありました。像の前の花壇にはベゴニアの花で作られた音楽譜のト音記号が装飾されてあり、これをみたら感動してしまい、疲れが一度に飛んでいってしまいました。彫像の白、赤と緑のコントラストが美しく、隣で眺めていた観光客と思われる人が「季節によって花の色は変わるらしい」と教えてくれました。

シェーンブルン宮殿（Schloss Schoenbrunn）

宮殿の前に立ったときあまりの大きさにドキモを抜かれました。ガイドブックによると宮殿の外観はバロック様式で整然としていて、内部はロココ様式で一四〇〇室もの部屋があると記してあり、その数の多さに驚きました。

ウィーンにはハプスブルグ家の宮殿がいくつかありますが、規模はシェーンブルン宮殿が最大で、なかでも「マリア・テレジア・イエロー」と呼ばれる黄色い壁面が印象的でした。見学したときは絢爛豪華な大広間やホール、皇帝一家の暮らした部屋など約四十室が公開されていました。そのなかで特に興味を引かれたのは「会議は踊る、されど進まず」の言葉で知られるウィーン会議の舞踏会の会場となった大広間「グローセ・ギャラリー」でした。そして鏡の間に入った途端に、この部屋で六歳のモーツァルトが御前演奏をして演奏の後にマリア・テレジアの膝にとび乗って首に抱きつき、たくさんキスをしたと伝えられる部屋だったのか思うと興奮が高まりました。

その天真爛漫なモーツァルトの姿を想像して感動したあまり、部屋の造りや装飾にはほとんど眼中になく夢心地で部屋を出ました。この感動が今回のウィーン旅行の最大の収穫でした。

バーデン（Baden）

滞在しているホテルのベルキャプテンに「バーデンの町を一日のんびりと散策し、モーツァルトに関係あるところに行きたいので、色々教えて下さい」と言うと、ベルキャプテンは「バーデンは湯治と避暑の町として繁栄しました。モーツァルトはその地に何度も足を運び、教会音楽である『アヴェ・ヴェルム・コルプス（Ave Verum Corpus）』を作曲しました。またモーツァルトの妻コンスタンツェもバーデンに度々湯治のために滞在しました。

バーデンの人口は約二万五千人のコンパクトな街なので、散策するのにはピッタリですので是非行ってください」と丁寧に教えてくれました。

ベルキャプテンに教えられたことを参考にしてバーデンの街中を散歩していると、偶然に広場でオペレッタを上演しているという情報が眼に入ったので、国立歌劇場でオペラを見損なった代わりにバーデンでオペレッタを見ることにしました。ここは服装もラフでよく、ゆったりした気分で周りに気を遣うこともないという雰囲気でした。説明書には軽歌劇とありましたが、編成や演奏時間は小さくも短くもなく二時間くらいだったと思います。

周りの人はオペレッタを鑑賞して笑ったりしていましたが、ストーリーも言葉もわからないので、面白さが理解できませんでした。これは言葉の壁だけではなく、芸術文化の違いを思い知らされました。芸術文化の底流には民族性、哲学、歴史などが大きく関与しているので、芸術文化を理解するにはいわゆる一般教養を身につけていなければ難しいということを痛感しました。

ウィーンの森（Wienerwald）

ウィーンの森は美しくのどかな風景が広がり、これまで物語や歌などで多く語り継がれてきたところで、地図で見るとウィーンの街を北、西、南と三方向から囲んでいます。説明書にはブドウ畑やワイナリーなどのほかに教会や静かに暮らす人々の生活が営まれていて、その面積は東京二十三区くらいに及ぶという規模の大きさなので、私の森について思っていた概念とはあまりにも大きくかけ離れていて驚きました。

一日バスツアーで見物することにして、三十人くらいの観光客と一緒にバスに乗り出発しました。朝から快晴でガイドさんはニコニコしながら、「これから皆さんと一緒にカーレンベルク（Kahlenberg）、マイヤーリンク（Mayerling）、ハイリゲンクロイツ（Heiligenkreuz）、ヒンターブリュール　Hinterbruehl（ゼーグロッテ）をめぐりますのでよろしくお願いします」と挨拶されました。

目的地に着くまでガイドさんが色々話してくれたのですが、知識がないので聞いてもわからず、ポカポカ暖かくなるに連れて眠くなり、目的地に着いて隣の人から起こされて車から降りました。思えば一人旅で、ウィーンに着いてからは緊張の連続で、疲れがたまっていたのは確かです。目的地ではガイドさんの後ろについて見て回りました。

カーレンベルグ（Kahlenberg）

海抜四八四メートルなのでそれほど高くはありませんが、ドナウ川やウィーンを一望できる絶景の丘陵地です。天気がよく空気が澄んでいるので、展望テラスやレストランで自然を満喫しました。ウィーンを訪れた観光客の多くはここを楽しむとガイドさんは誇らしげに説明してくれました。

ここからさらに、ハイリゲンシュタット（Heiligenstadt）の近くまで行くと、ベートーヴェンが『田園交響曲』の構想を練ったと伝えられる小川の小道があるとのことでしたが、自分はここで集合時間までのんびりと景色を眺めてモーツァルトがここで何を考えたかに思いをはせることにしました。

マイヤーリンク（Mayerling）

一九八九年に、男爵令嬢マリア・ヴェッツェラと心中したハプスブルク家のルドルフ皇太子の狩りの館があり、現在は修道院となっていました。モーツァルトとの関係はわからなかったのでそれほど興味は湧きませんでした。

ハイリゲンクロイツ（Heiligenkreuz）

ウィーンを取り巻く美しい森と田園の風景の中に、オーストリア最古のシトー派のハイリゲンクロイツ修道院があります。列柱の美しい回廊は一二二〇〜五〇年頃の、またステンドグラスは一三〇〇年頃のものです。ここにはキリストの磔刑に用いられたとされる十字架の聖遺物が保管されていることからハイリゲンクロイツと呼ばれるようになりました。

マイヤーリンクから遠くない距離にあり、建物の古さはわかりましたが、モーツァルトとの関係がわからなかったので記憶には残りませんでした。

ヒンターブリュール（Hinterbruehl）

この町には洪水でできた六二〇〇平方メートルのヨーロッパ最大の地底湖であるゼーグロッテ（Seegrotte）があります。ここが観光スポットになっていて、観光客の大半はこの地底湖を船で遊覧します。

ホテルマンから「ガストホーフホルドリッヒスミューレ（Gusthof Holdrichsmuhle）というホテル・レストランに行きなさい。そこはシューベルトが『菩提樹』などを作曲した水車小屋があったところで、その裏側を流れる小川のせせらぎと小鳥のさえずりが散策する人々の心を和ませてくれます」と勧められました。

レストランでは何人かのお客さんがのんびりコーヒーを飲みながら音楽に聞き入っていました。私もゆったりした気分でコーヒーを飲み、その後『菩提樹』を口ずさみながら付近を散策しました。至福の時でした。

ウィーンの森観光に午前中から観光バスに乗り込み、目的地に行こうとするときの気持ちの高ぶりはかなりのハイレベルでしたが、二カ所、三カ所と回るうちに感受性が鈍くなり、また疲労も加わり脳が受け付けなくなりました。バスツアーで名所旧跡を巡るのは一日一、二カ所にしてゆっくり回るべきであったと反省しました。

余　録

ヴィーナーシュニツエル（Wiener Schnitzel）

ガイドブックで、ウィーンに来たからには子牛肉のヴィーナーシュニツエルをぜひ食べるべきとあったので、ランチで食べようとルーゲック（Lugeck）というレストランに入りました。多くのお客さんで賑わっていましたが、席に着くとすぐに店員さんがメニューを持って来てくれました。目的のヴィーナーシュニツエルを注文すると、店員さんはニコッと笑顔で応対し、あまり待つことなく料理が運ばれてきました。

ヴィーナーシュニツエルとは子牛肉のカツレツのことで、お肉を柔らかくして脇にポテトを添えて食べやすくしたことがウィーン風ということのようですが、確かに柔らかくて美味しくいただきました。私はこれまでこのようなシュニツエルを食べたことがなかったので比べることができず、とにかく柔らかくて美味しかったというしかありませんでした。

ホイリゲ（Heurige）

ホイリゲとは「ワインの造り酒屋が自家製ワインを売る居酒屋。料理も簡単な肉の燻製、ピクルス、黒パン、ゆで卵、生のトマトなど家庭料理が中心でセルフ・サービスのところが多い。ワインは主に白ワインでジョッキ型のグラスに入っている」とガイドブックにあったので、夕方からベルナー・ベルザー（Werner Welser）にワインを飲みに行きました。

相席のテーブルでしたが、つまみとなるソーセージとサンドイッチを注文してワインを飲んでいるうちに、相席の大柄なメキシコ人と意気投合し盛り上がりました。酔いが回るにつれて言語の違いなど忘れて楽しいひとときとなり、これまでの旅行中の緊張感が一気に開放された感じでした。

帰　途

八月二十七日、オーストリア航空（ＯＳ）で、ウィーン国際空港（ＶＩＥ）から乗り継ぎ（transit）のためデンマークのコペンハーゲン国際空港（ＣＰＨ）に行き、ここから日本航空（ＪＡＬ）四〇二便・ダグラスＤＣ‐８で十五時四十分に離陸し、北回りで東京国際空港（ＨＮＤ）に向かいました。

北回りなので十八時四十分に北極（North pole）を通過しました。そのときに機長の計らいで〝北極通過記念〟と書かれた色紙を乗客全員にプレゼントしてくれました。また北極圏は気温が低いために低空を飛ぶことが出来るとのことで、二十三時四十分に北米大陸最高峰マッキンリー（デナリ）山が窓から白く美しく、しかも近くに見えました。

米国のアンカレッジ国際空港（ＡＮＣ）で給油のため約二時間待合室に滞在しました。ゲートには「ようこそ米国へ」の看板が掲げられてあり、レストランではメニューに日本ソバがあったので久しぶりに日本の味を味わいました。その後 tax free のお店をのぞくとビーバーやウサギの毛皮が陳列してあり、ウサギの毛皮には「ALASKA」と刻印されてあったので、一瞬「えー、アラスカのウサギは特別なのかな」と驚きました。

一時二十分（ヨーロッパ時間）にアンカレッジ国際空港を離陸し、一九七一年八月二十八日十六時五十分（現地時間）に東京国際空港に到着しました。

あとがき

「百聞は一見にしかず」という諺があります。やはり自分の五感で観察することが感動に繋がり、失敗や成功を経験することが人生の糧《かて》となります。

当時は時間もお金もないのに、ウィーンに行ってモーツァルトの創作意欲を喚起した環境や雰囲気に接したいという一心でだけで、十分な下調べもせずに行きました。そのためにモーツァルトはザルツブルクに生まれ、ザルツブルクで『魔笛』などを作曲したことも知らずに、そのことをウィーンではじめて知ったのです。

ホテルで「ザルツブルクを見ずしてモーツァルトを語れない」と教えられたことで、今回の計画は無謀であったと反省しました。そこでザルツブルクまではここウィーンからは約二九〇キロメートルほどの距離なので、スケジュールに入れようかとも考えましたが、旅程の関係で不可能でした。その残念な気持ちを今もまだ持ち続けているので、もう一度ウィーンとさらにザルツブルクに行き、モーツァルトの生い立ちなども知りたいと思っています。

昔から「暇があるときお金はない、お金があるとき暇がない、暇とお金があるときは命がない」との格言があります。私の場合は、今はそこそこの暇とお金はありますが、反比例して体力がなくなりました。そのことを思うと、当時は無謀ではあったがよい経験をしたと思っています。

芸術の価値は何年経っても変わりませんが、変わるのは受け取る人の感受性の度合いです。今となっては感動を味わうために旅をするか否かを決断するのは、最後は気力の充実の有無ではないでしょうか。

第四章

先人の教えと文化

育　児

大学を卒業し、母に「小児科の医者になる」と言うと、母は「私はあなたを含めて五人の子どもを育ててきたので、あなたより育児は上手だと思うよ」と言いました。そのときは、「お母さんの育児は経験に基づいたものであり、学問的ではない。私の育児は大学で学んだ学問に基づいたものであるから、私の方がすぐれている」と言い切りました。

育児は小児科医にとって非常に重要な分野であり、小児科が内科と大きく違うところは、子どもには成長・発達があるところです。特に成長には哺乳と睡眠が大きく関与し、それが後々まで影響すると小児科の講義で故泉《いずみ》幸雄《ゆきお》教授から教わりました。

哺　乳

授乳については、昔から乳児が泣いたらお腹が空いたのだろうと母親は思い、その都度母乳を飲みたいだけ与える、いわゆる自律哺乳が経験的に行なわれてきました。

それを三時間毎に母乳あるいは人工乳を決まった量だけ与える、いわゆる計画授乳がより科学的であると授業で教わり、母親に計画授乳を勧めてきました。

それが最近では計画授乳より乳児の要望を叶える昔からの自律哺乳がよいと言われるようになり方針を変えました。

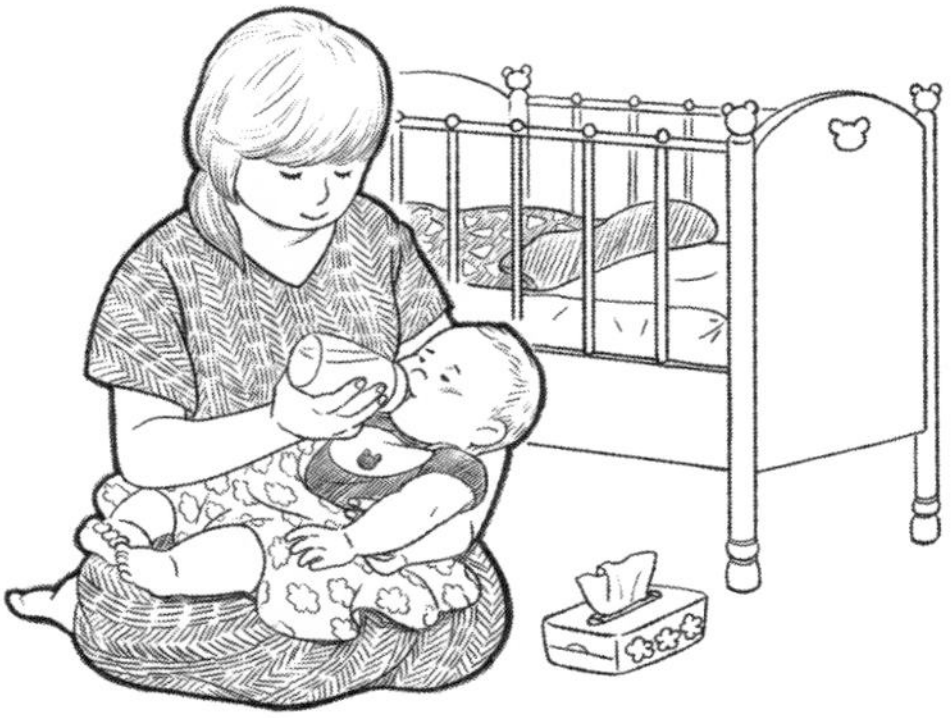

寝かせ方

乳児を仰向けに寝かせるのに誰も疑問を抱かなかったのが、昭和四十一年にスポック博士の育児書が日本国内で発売されると、うつぶせ寝がよいと言われるようになりました。その理由は、飲んだ母乳（ミルク）が胃から逆流して嘔吐しても誤飲しないからとのことで、これまでの仰向けに寝せるのは間違いであると言われはじめたからです。

昭和六十二年頃に乳幼児突然死症候群（ＳＩＤＳ　sudden infant death syndrome）が報告され、うつぶせ寝が突然死の原因のひとつであるらしいと言われるようになると、途端にこれまでのような仰向け寝がよいと言い出され、そのように指導するようになりました。

離乳食

離乳食とは半固形食、すなわちつぶし粥のことであり、その開始時期は四～五カ月がよいと大学の講義で教えられました。その理由は乳児が離乳食を舌で押し出さなくなる、いわゆるゴックン、モグモグ、カミカミができる時期がよいということです。

最近では若夫婦ではパン食が主流になりつつあり、その場合は牛乳に浸したパンならば三～四カ月でも離乳食としてよいのかなと思うようになりました。一方、昔から女の子は生後一一〇日、男の子は生後一二〇日に「お食い初め」の儀式がなされ、離乳食が開始されてきたことを考えれば、開始時期は三～四カ月で間違ってはいないといえます。

まとめ

小児科医になってからもう五十年が過ぎましたが、これまで先人が築き上げてきた育児法には見習うことが沢山あります。こうしてみると、育児についてはあまり学問的に囚われず、素直に先人の知恵を拝借した方がよいこともあると思うようになりました。

伝統文化の継承

お茶（裏千家）とお花（池坊）の教授を約五十年間続けた姉が四年前に八十六歳で亡くなりました。お弟子さん方から季節のよいときに毎年偲ぶ会を開催したいので会場を貸して欲しいとの要望がありました。

そこで姉が生前に住まいとしていた家を改修して『雅庵』とし、亡き姉を偲ぶためにいつでも誰でも集える場としました。偲ぶ会は今年で三回目となり、お弟子さん三十二名が出席しました。そのうち、男性が三名で女性は二十九名、一番若い人で六十五歳、最高齢者は九十二歳です。多くの人は足腰に不具合があり正座するのは難しく、更に車イス利用者もいました。

わびさびの雰囲気を味わいながら抹茶をいただき、亡き姉についての想いを語り合いました。出席者の年齢構成を見るとほとんどが後期高齢者です。亡き姉が何年も前に「この二十年くらいの間に、若い人でお茶やお花を習いたいという人がほとんどいなくなりました」と語ったことがありました。今回の偲ぶ会でこのことが理解できました。

そこで若い人はなぜ茶道や華道という日本の伝統文化に関心を持たなくなったのかについて考えてみました。

衰退の理由

昭和の時代は茶道や華道を習得することは若い人にとって花嫁修業の一環であり、また人間としての嗜《たしな》みと考えられていましたが、平成の時代になると環境の変化や伝統文化への価値観が大きく変わりました。

①女性の社会進出や仕事の多忙さなどにより、平日のお稽古は困難となり、お稽古のあり方を考える必要に迫られてきましたが、時代の波に乗り遅れてしまいました。

②若い世代は新生活を営む際には、経済的事情などから戸建ての住宅より、床の間や庭がないアパートやマンションに住む傾向が主流となりました。

③指導者（教授）の高齢化も問題となりました。教授する人とされる人との年齢差が祖父母と孫くらいであると、お互いに考えの違いが率直に伝わりにくく、人間関係に溝ができることがありました。

④社会において生活の多様化・簡便化が進み、お花を飾る空間はなくなり、そのために飾ったお花を見て心を豊かにすることや季節を感じる余裕が薄れてきました。
⑤趣味や遊びの多様化により生活様式は変化して、一般家庭では畳に座ることは少なくなり、また電化の普及で炭を使わなくなり、普段に和服を着ることはほとんどなくなりました。
⑥西洋文化の受け容れも大きな要因です。文化を「静」と「動」の面から考えると、古来日本の伝統文化は「静」であり、西洋文化は「動」と言えそうです。若い人は「動」の西洋文化に惹かれます。自ずとわびさびを重んじ、動作がゆったりしている「静」の茶道や華道が敬遠されるのは時代の趨勢でしょうか。

このままでは日本の伝統文化である茶道や華道は絶滅危惧部門にまっしぐらです。

日本の伝統文化を継承あるいは発展させるには

①小・中学校のときから、すなわち次世代を担う若年層に日本の伝統文化に触れさせる。

②若い指導者（教授）を養成する。
③家元*制度を見直す。
　その具体案として、
(a)指導者（教授）になるまでの期間を短くし、指導内容の行程をはっきりさせる。
(b)一定の指導の目的に合わせた指導内容を提示する。
(c)指導者になるまでの費用を明確化する。
(d)資格を得るまでに投資した費用を回収できるようにする。

　日本のすぐれた伝統文化が異文化圏で見直されてきています。その本家本元で伝統文化を継承する若い人が出てこないとなれば、正しく伝統文化の世界的な危機です。高齢者による伝統文化の継承から一時も早く脱却できるように国も本気で取り組んで欲しいものです。

子どもの躾《しつけ》

躾とは日常の生活で望ましい生活習慣を身につけさせることを言います。家庭においては乳児期から幼児期にかけては、親は言葉を理解できない幼児に対しては「やってよいこと」と「やってはいけないこと」の区別をつけさせることから始まります。しかし幼児の反抗期、すなわち〝イヤイヤ期〟は親の「言うこと」を聞いてくれないことが多いのです。三～四歳の時期は行動範囲が広がると同時に、社会の一員となるために行動の基準をつくり上げていく上で重要な時期なのですが、この頃は子どもにとって社会の規範（ルール）は、まだ未知の領域なのです。

成長するにつれて、社会生活にしっかり適応するための望ましいルールを身につけ

＊　家元制度とは、自らの流儀を体系化してお弟子さんたちに伝え、その技能に適した免状や資格を与えることで長年にわたる師弟関係を維持する制度です。

させようと、家庭のほかに学校・社会がその役割を担っていきます。言い換えると、躾の目標は社会生活のルールを守る社会人になるように育て上げることにあります。この考えの根底にあるのが、正しく躾がなされなければ人として道徳観念やマナー(他人への思いやりの心)が不足するという考えです。

家庭にあっては親が根気よく言い聞かせることは大切ですが、「親の背中をみて子は育つ」という諺があります。すなわち言葉以上に影響力があるのは親をはじめ、周りの人の行動なのです。子どもは親の行動をよく見ています。自分で判断できない幼児は、親の行動は正しいと思い、親と同じような行動を取ります。親の「やること」をしっかりと見ているのです。

子どもは親の言うことが理解できなくて、ときには家庭や社会のルール違反をやってしまうことがあります。このことに親が大声で叱りつけることは上手な躾かたではありません。「なぜやってはいけないか」について親はしっかりと理由を述べて子どもに言い聞かせることが大事なのです。そして、家庭や社会のルールを守っているときには、誉めてあげることも上手な躾かたです。

子どもが家庭や社会のルールを破ったときに、親が冷静な状態で言い聞かせることができる間はよいのですが、度重なると親も冷静さを失い、体罰に及ぶことがあります。そんな親の威圧的な態度に子どもは表面的には従うような態度を示しても内心は反発している可能性が大で、説得できたとは判断できません。しかし他人に危害を与えるような危険なことをした場合は、その場で直ちにしっかりと叱ることが大切です。その際にも「なぜやってはいけないのか」を言い聞かせることが重要なのです。

躾をするには時間と忍耐が必要で、いずれにしても愛情を持って丁寧に納得させることが肝心です。

外来語の日本語化

外来語とは他国の言語から借り入れ、日本語と同様に日常的に使われるようになった言葉のことで、普通は漢語以外の主として西欧語から入ってきた言葉を言うようです。

昭和三十年代にアベック（avec）とかランデブー（rendez-vous）と言う言葉に新鮮味を覚えて使っていたことを思い出します。これらの言葉は今では死語とまでは言いませんが、ほとんど使うことはなくなり、それに代わってカップル（couple）やデート（date）という言葉が使われるようになりました。誰もが本来の意味を間違いなく理解して使用するまでにはかなりの時間がかかるでしょう。しかしその頃には死語化した言葉もあるでしょう。

医師になり医学用語に西欧語が多いのに驚きました。慣れてくるとその言葉を医療関係者同士だけではなく、知らず知らずの間に一般の人との会話でも使うことがありました。

そのなかには十分に説明を加えて使わないと本来の意味と異なって理解されることがあることを感じてきました。というのは一般の人はその言葉を耳から取り入れ、自分なりに解釈することによるからです。二、三の例を挙げてみましょう。

大学病院にも温泉がある

おばあさんが、自分の夫が大学病院で大腸の手術を受けた後に、看護師さんから「術後の数日間はＩＣＵ（アイシーユー）に入りますから安心してください」と言われたので、おばあさんは、「アイシー湯という温泉を備えたとはさすが大学病院だ。これで安心して治療が受けられる」と感心して、身内にその話をしたとのことです。

イモ洗い

農家のおじいさんが交通事故で頭部損傷を受けました。すぐにＭＲＩ（エムアールアイ）の検査を受けることになり、そのことを看護師さんが連れ添いのおばあさんに話すとイモアライと聞き違いをして「私の夫は昔から頭の形がサトイモのような形をしていたことからイモ頭といわれてきたので、それをきれいに洗ってくれるのですね」

と言ったとのことです。

出　産

胎内で胎児の姿勢が、正常の場合と逆になっている、いわゆる逆子《さかご》の状態で臨月になったので、主治医は帝王切開で出産しようと判断し、妊婦さんに「カイザー（Kaiserschnitt カイザーシュニット）で赤子を取り上げることにします」と言ったところ、妊婦は「わかりました」と言い、その後に夫に「開産《かいざん》して産ませることになった」と告げたとのことでした。

エーイーデーは何の日

最近では病院内では当然のこと、多くの人が集まるところにＡＥＤ（エーイーデー、automated external defibrillator　自動体外式除細動器）が備えられています。

さくら幼稚園の年中組の孫のスモモが、「おじいちゃん！　今日先生が幼稚園でもエーイーデーがあると言ってたが、エーイーデーって何の日なの？」と質問しました。孫はエーイーデーをバースデーやバレンタインデーと同じように考えているようでした。

これらはいずれも原語がわからないで、耳から入った言葉を自分なりに解釈したためにおきた話です。

バリアフリー

足腰が弱る前に転倒予防に階段の一部を改造しようと大工さんに相談すると、「バリアフリー（barrier-free）にしたいのですね」と言われました。そのときバリアフリーと言う言葉はもう完全に日本語化してしまったのだと感じました。

改めてバリアフリーを辞書で調べると「障害・障壁のない」という意味で、高齢者や障害者が社会生活を送るうえで障壁となるものを取り除くこととありました。

「人の振り見て我が振り直せ」という格言がありますが、自分の専門以外のことで、意味がわからないで使用している言葉があるのではないかと思い、色々な外来語については十分に理解した上で使うように心がけています。例えば、街を歩くとＡＴＭ（エーテーエム　automated/automatic teller machine　現金自動預け払い機）とか、高速道路を運転するとETC（イーテーシー　Electronic Toll Collection System　電子料金収受システム）が目につきます。新聞を読むと政治や経済面にはG7（ジーセブン　Group of Seven の略で、フランス、アメリカ、イギリス、ドイツ、日本、イタリア、カナダの七つの先進国のこと）とか、TPP（テーピーピー　Trans-Pacific Partnership　環太平洋戦略的経済連携協定）などが見ようとしなくても目に入ってきます。

その他、初めてパソコンに触れたときにインストール（install　就任させる）、フォーマット（format　初期化）、アイコン（icon　絵マーク）などの言葉を聞くたびに、その意味がわからず別世界に飛び込んだ感じでした。加齢と共に理解力が鈍くなり、日本語化した外来語について行けなくなりつつあり、なんとかならないかと嘆いています。

和製英語（Japanese English）

米国留学中に研究室で同僚に「ホチキスを貸してください」と言ったら何回も聞き返された挙げ句、結局は理解されず貸してもらえませんでした。当時私はホチキスとは英語であると思って疑いませんでした。理解されないのは発音が悪いかあるいはアクセントが違うのかと考え諦めました。

後日テーブルの上にホチキスが置いてあったので「これを何というのですか」と聞いたら「スタプラー（stapler）です」と教えてくれました。そのとき初めてホチキスとは和製英語であることを知りました。

そもそも和製英語とは英語に似ている和製外来語のことで、日本人に都合のよいようにアレンジした結果である他に、日本語には無いもの、かっこいいもの、長すぎるからと短くしたものなどさまざまのようです。形はどうあれ日本語なので、英語圏の人に通じないのは当然です。

これからますます外国からの訪問客（インバウンド）が多くなると思いますので、

この機会に私が日常使用している和製英語（外来語）を羅列してみました。

〈和製英語〉		〈英語〉
アフターサービス	↓	aftersales service（アフターセールズサービス）
オードブル	↓	appetizer（アペタイザー）
ガードマン	↓	a guard（ガード）
ガソリンスタンド	↓	gas station（ガスステーション）
クーラー	↓	air conditioner (ac)（エアーコンデショナー、エアコン）
クレーム	↓	complaint（コンプレイント）
コインランドリー	↓	a coin-operated laundry（コインオペレーテッドランドリー）

ゴールイン	→	reach the goal（リーチザゴール）
ゴールデンアワー	→	the prime time（ザプライムタイム）
コンセント	→	outlet/socket（アウトレット／ソケット）
サービスエリア	→	rest stop（レストストップ）
シンボルマーク	→	an emblem（アンエンブレム）
スキンシップ	→	physical contact（フィジカルコンタクト）
ズボン	→	pants/jeans（パンツ、ジーンズ）
セロテープ	→	scotch tape（スコッチテープ）
ダンプカー	→	dump track（ダンプトラック）
チャック	→	zipper（ジッパー）

デマ	→ demagogy（デマゴギー）
電子レンジ	→ microwave（マイクロウエーブ）
トイレ	→ restroom（レストルーム）
バイキング	→ buffet restaurant（ブッフェレストラン）
バックミラー	→ rear view mirror（リアビューミラー）
パーキング	→ parking lot（パーキングロット）
ビーチサンダル	→ flip flop（フリップフロップ）
ビニール袋	→ plastic bag（プラスチックバッグ）
ファックス	→ facsimile（ファクシミリ）
フライドポテト	→ French fries（フレンチフライ）

ブックカバー　→　a book jacket（アブックジャケット）

プレイガイド　→　ticket office（チケットオフィス）

ペットボトル　→　plastic bottle（プラスチックボトル）

ホチキス　→　stapler（スタプラー）

マフラー　→　scarf（スカーフ）

マンション　→　apartment（アパートメント／コンドミニアム）

モーニングコール　→　wake up call（ウエークアップコール）
alarm call（アラームコール）

リサイクルショップ　→　secondhand store（セカンドハンドストア）

こうして見ると似たような言い方がある一方で、似ていない言い方があることもわかります。和製英語は確かに日本人好みの言い方です。これらの和製英語が英語圏の人に通じないとしても、日本人同士では非常に便利な言葉なのです。

〝言葉は文化〟です。これを本来の英語にして使おうとしても一朝一夕には無理があります。そこで、敢えて和製英語を見直すことなく、自国語として用いたほうが幸せかも知れません。

第五章

医療の現場

健診医の求める介助看護師

健康診査（健診）で受診者を前にしたとき、健診医は短い診察時間内で如何にして受診者の体調や愁訴を聞き出し、的確な診断をするかを考えて診察します。受診者は何とか不安や悩みを健診医に聞いて欲しいと思って受診します。そのために健診医は看護師にはその雰囲気を察して介助してくれることを望みます。

看護師は受診者を椅子に座らせて着衣を脱がせて健診医と対面するように誘導します。このとき、受診者に診察を受けるための動作をマニュアル通りに誘導するのではなく、受診者の心理状態を理解した上で、やさしく対処することが望ましいのです。時間内に多くの受診者に相対しなければという気持ちが先になるとどうしても急ぎがちになり、言葉も少し荒っぽくなります。受診者に「ゆっくりで良いのですよ」と言いながら、実は早く済んでくれることを望んでいるのが見え見えのときがあります。

受診者が健診医に話しかけたいという気持ちで「間」をみはかっているときに、その空気を読まずに「ハイ！　診察は終わりましたから、隣の部屋で身だしなみを整えて下さい」と促してしまいます。また健診医が受診者に「何か気になることはありますか」と問おうとしたときに、看護師が受診者に「診察は終わりました」と言って移動を促します。

そこで健診医の立場から介助看護師の受診者への望ましい対処法を述べてみます。

①受診者は身体的・精神的に不安や悩みを持って受診しており、健診医との対話を望んでいることを理解して介助する。

②高齢の受診者は動きが鈍くなる上に、何枚もの下着を身につけているため脱着衣に時間を要することを理解し、ゆとりの気持ちで介助する。

③受診者は「口が渇く」「涙目である」「指先が曲がってきた」などの内臓疾患とは関係の無いような体調の変化については健診医には質問できないと思い、看護師に相談することがあります。そのようなときは、健診医にどのように質問したら良いのかを教えてあげることも重要なことです。

④健診会場は大きなスペースに多くの受診者が一緒になるのでサロン風になることはよいのですが、なかには孤独を好む人もいて、それが血圧測定値に影響することがあるので配慮が必要です。

⑤健診を自ら進んで受けようとする受診者は多くはありません。あまり気が進まないところを、誰かに勧められて受診するというケースが大半です。だからこそ受診者の気持ちを察して、健診する側は温かい雰囲気で対処すべきと考えます。

高齢者の悩み

住民健診で高齢の受診者と接し、挨拶が終わると簡単な問診をします。はじめは不安そうな態度を示していますが次第に穏やかな顔になり、色々な悩みを話してくれるようになります。特別な解決策を持ち合わせているわけでもないので聞き手に回るだけですが、それでも受診者は丁寧に悩みを訴えてくれます。

健診とは受診者の身体の臓器の異常の有無だけではなく、人間全体を診察することであると考えれば、悩みを聞くことも健診に含まれます。ここでは、最近経験した事例を提示します。

七十二歳＝女性

私はもう古希を過ぎてしまいましたが、この年になっても四十五歳になる一人息子が結婚していないので、これからも炊事をし続けなければならないと思うと憂鬱です。息子は結婚する意思はまったくないのです。自分の体力とこの家の将来のことを思う

と心配でたまりません。

七十六歳＝女性

毎日が楽しくありません。この頃は生きているのが苦痛になってきました。三度の食事は食べようと思えば食べられますが、特に積極的に食べたいとは思いません。今のところ夜は眠れるので体力は持ちそうですが、今後どうなるか不安でたまりません。

六十七歳＝女性

脳卒中で倒れた夫の介護を六年間してきたので疲れてきました。最近は介護疲れが原因で白目が充血してきたので、目の手術を受けました。その結果視力は一時的に回復しましたがまた悪化してきました。このままでは失明すると眼科医に言われました。

夫の介護はショートステイを利用して何とか凌いでいますが、これからどうしたらよいかわかりません。

六十八歳＝女性

体型が骨と皮だけなので何とかして太りたいのです。今の体重が三八キログラムなので少なくとも、あと五キログラムは増やしたいのです。なお身体計測では身長は一五四センチメートルなのでＢＭＩ*（肥満指数）は一六です。

九十一歳＝女性

杖をついたおばあさんが診察室に入ってきました。問診を始めようとしたら、自分から「毎日が寝不足なのです」と言いました。その理由を「九十四歳の連れ合いが認知症で寝たきりの生活なので、夜中に排尿の世話をしなければならないので寝不足になるのです」と言いました。これは超老老介護です。

九十四歳＝女性

「排便が毎日ないのは普通のことで、一週間以上もないことがあります。これまではあまり気にしなかったのですが、最近は便意だけでなく食欲もなくなりました」と言いました。

便秘の原因は加齢により腸を動かす副交感神経の働きが低下しているためですが、朝食を摂ることで腸の動きが少しでも活発になることを期待して、食生活の指導を行ないました。

七十歳＝男性

一〇ヘクタールの田んぼを持つ稲作農家の主人が受診して、「この秋のお米の収穫が終わったとき、息子夫婦が『農業を続けるのが嫌になったので、東京で生活するこ

＊　ＢＭＩ（肥満指数）とは肥満の目安で、ＢＭＩ値が一八・五未満は低体重、一八・五〜二五は普通体重、二五以上は肥満とされています。年齢との関係では五十〜六十九歳では二〇〜二五、七十歳以上では二一〜二五が基準値です。

とにします』と言って家から出て行ってしまいました。後継者が居なくなったので農地を手離さなければならなくなりました」と淋しそうに話しました。

人間は悩みながら成長すると言われています。その悩みには色々ありますが、作家で「メンタリスト」として様々なメディアに出演しているDaiGoは、大きくＨＡＲＭの四つに分類しています。

すなわちＨはhealth（健康、美容）、Ａはambition（夢、将来）、Ｒはrelation（人間関係、恋愛）、Ｍはmoney（お金）です。これをもう少し詳しく述べると、

①健康上の悩み＝体調が悪い、疲れやすい、持病がある。
②夢、将来の悩み＝就職できるかな、結婚できるかな、老後はどうなるのかな。
③人間関係、恋愛の悩み＝家庭、職場、社会での対人関係。
④お金の悩み＝収入が少ない、貯金はできない、浪費癖があり借金がある。

この分類からすると高齢者の悩みは健康については当然ですが、将来や家庭の悩みが多いようです。総合健診医として家庭の悩みやお金の悩みなどの解決に立ち入るこ

とはできないので、その場限りになります。それでも受診者は悩みを聞いてもらったという安堵感があるようで安心して帰ります。

小児科夜間外来の実情

平日の日中は親（保護者）が勤務している家庭が多いので、昨今は夜間外来を利用する患児が多くなってきました。受診内容は様々で、夜間外来であるが故に十分な対応ができないこともあります。興味のあった症例を提示します。

耳穴に木の実を入れた

四歳男児が友だちと午後三時頃公園で遊んでいて、いたずらして右の耳に木の実を入れてしまいました。次第に耳が聞こえなくなったので夜間外来を受診してきました。耳鏡で覗くまでもなく、木の実は耳殻からすぐの処にありましたが、攝子《せっし》で摘まもうとすると奥の方へ入っていき、摘み出すことができず、耳鼻科医のお世話になりました。

鼻腔にＹシャツのボタンを入れた

三歳女児が日中に父親のＹシャツのボタンを右側の鼻腔に入れてしまいました。勤めから帰ってきた親が不安になって夜間外来を受診してきました。問診後、鼻腔を覗こうとしたら泣きわめいてしまいました。すると鼻水が流れてきて、何もしなくてもボタンが鼻孔まで押し流されてきました。私は診ていただけでした。

四日間排便がなく、お腹が痛い

四歳男児が四日間排便がなく、お腹が痛いと言って夜間外来を受診してきました。腹部触診で左側下腹部に硬い腫瘤《しゅりゅう》に触れました。グリセリン浣腸を施行して排便させると、腹部の腫瘤はなくなり、腹部の痛みもなくなりニコニコして帰りました。

アレルギーの検査を希望

日中は母親が働いているので、四歳男児のアレルギーの検査を希望して夜間外来を受診してきました。夜間外来は日中に外来を受診できない患児のために対症療法を主としているので、検査目的への十分な対応はできかねず、日中のアレルギー専門医に紹介しました。

インフルエンザかどうか

六歳男児が母親に連れられて夜間外来を受診してきました。母親が「この子の幼稚園で昨日からインフルエンザが流行し始めました。この子は今三八・二℃の発熱なのでインフルエンザの検査をして下さい」と懇願しました。すると子どもは「幼稚園で先生が手洗いとうがいをすればインフルエンザにかからないと言いました。僕はしっかりと手洗いとうがいをしているので、インフルエンザにはかかりません。それで検査しなくてもよいです」とはっきりした口調で言いました。子どもにとって幼稚園の先生の言うことは絶対であると思っていると同時に母親が気の毒になりました。

夜間外来が発足したのは、日中の外来を受診できない患児のための対症療法が目的でありました。このことは周知されていたはずですが、年月が経つにつれて日中の外来を受診するような感覚で受診する人も出てきて、その患児への投薬や検査などの対応のことで保護者との間で誤解を招くことも生じてきました。

夜間外来が十分な機能を果たすためには、夜間外来発足の本来の主旨を市民にしっかりとアナウンスすべきと思います。

窓際おじさん

みどりの窓口にて

ＪＲ長閑《のどか》駅のみどりの窓口で旅行鯛隙《りょこうだいすき》さんが「東京までの指定席券を下さい」と言うと、駅員の胡麻塩阿玉《ごましおあたま》さんは「窓側がいいですか、それとも通路側がいいですか」と問い返しました。

旅行さんは「私は会社では今は窓際おじさんですから、新幹線くらいは通路側でお願いします」と言うと、胡麻塩さんは「わかりました。ところで私は来年の春で定年ですので、職場では去年から窓際おじさんなのです。これまでの数年間は窓口で切符売りをしてきたので、これからは幸せを売る職場で働きたいと思っています。その気持ちで今は次の新しい職場を探しています」と笑顔で話しました。

「窓際おじさん」の語源

一九七七年頃に生まれた、出世ラインからはずれて閑職につく中高年サラリーマンを揶揄する言葉で、実質的な仕事を与えられないで窓際の席でボーっとして外を眺めたり、外に出たり、のんびり新聞を読んだりして日々を過ごしている人を「窓際おじさん」と呼んだのが始まりのようです。

地位、身分、環境が人を育てる

医師は医師免許証があれば生涯現役で診療を続けることも、また診療を辞めることも自由です。診療に関して専門医制度に関心が無ければ、内科であろうが小児科であろうが、どの科の看板を掛けても世間から非難されることはありません。しかし医師として診療に携わるのであれば、患者の生命に関与することなので高い倫理観と使命感を持ち続けなければなりません。

開業医の場合は知力、体力が続く限り、地域住民の健康で文化的な明るい生活を支えることに努め、受診者がいる限り診療は続けることになります。勤務医の場合は定年制があるので、そのときになったら勤務していた職場を辞めることになります。最近では定年延長の機運はありますが、それでも定年制度はなくなってはいません。

定年を迎えた勤務医は気力・知力・体力が充実していれば、第二の職場で働くことは可能です。その際、地位や身分、それに環境が人を育てると言いますが、このことが定年後にも影響するということを肝に銘じておくことが大切です。身分や勤務形態が現役時代とまったく同じの人もいるでしょうが、定年後の多くの人は現役時代と異なる勤務形態となるでしょう。現役時代と同じ勤務形態といっても勤務する日数が少なくなったり、当直がなくなったりの変化はあります。

また現役時代と異なる職場に就職した場合は、身分は常勤医、非常勤医（嘱託医）で違いが出てきます。常勤医と非常勤医の区別は雇用契約にあります。非常勤医について統一された定義はありませんが、正規の常勤医とは別の労働契約で働いている医師と考えます。例えば、定年でいったん退職したあと、有期契約の医師として再雇用されるケースなどが該当します。

いずれにしても現役時代とは地位や身分が変わったことを自覚しないで勤務すると、職場内でトラブルが起こる可能性があります。

非常勤医として第二の職場に就職した場合

開業医の場合は窓際おじさん医師とは無関係かも知れません。ここでお話しするのは第二の職場に就職した非常勤医（嘱託医）についてです。

現役時代に常勤医として責任のある立場でバリバリ医療に従事してきた医師が、非常勤医という身分になると職場の運営に関与する必要はなく、また当然責任もなくなるので、本来持っている能力を十分に発揮しない態度に変わります。これがエスカレートすると窓際おじさん医師になってしまいます。

職場側が非常勤医にどのように接するのか、また非常勤医が職場側にどのように接するのかで窓際おじさん医師になるのか、それともならないのかが決まってきます。要するに非常勤医のその職場に対する仕事の意識に関係します。このようなことからも地位、環境、身分が人を育てると言われる所以です。

窓際おじさん医師にならないためには

非常勤医（嘱託医）にとって身分や地位に満足できない職場であっても、窓際おじさん医師にならないためには、これまでと同様に高い倫理観と使命感をもって医療に従事することではないでしょうか。

言葉の威力

　昨年末に家内と散歩中に私は急に右足の運びがうまくいかず、爪先が突っかかり転倒してしまい、独力で立ち上がれなくなりました。家内がこの異変に気づき、緊急で救急外来を受診しました。

　意識は清明で頭痛や嘔吐はありませんでした。私はこれまでに転倒による頭部の打撲やふらつきの既往はありませんでした。外来で型通りの診察を受けて硬膜下血腫が疑われ、ＣＴ検査の施行で頭蓋骨の下に左の脳を圧迫するように三日月形をした血腫が確認されたので、慢性硬膜下血腫の確定診断を受けました。

　主治医から、「入院して局所麻酔でチューブを脳表面へと挿入して血腫を除去する」という治療方針の説明を受けました。私は慢性硬膜下血腫の診断を受けるとはまったく考えもしなかったことなので、主治医から説明を受けてもそのときは頭の中が真っ白になりほとんどなにも入りませんでした。

　気を取り戻して主治医に再度治療方針の説明をお願いしたところ、メモ用紙に血腫が脳を圧迫している状態を書いて丁寧に説明してくれました。さらに、もし手術をしなかった場合や、手術中や手術後に起こるかもしれない手術手技などによる後遺症の有無、退院後の日常生活の制限などについてしっかりと聴きました。

主治医が説明してくれたときの態度と言葉に温かさと誠意が強く感じられました。これで私の凍てついたような心が融解して十分に納得できたので、手術承諾書にサインして手術をお願いしました。

言葉とは

言葉は人と人とがお互いの意思を詳しく伝え合うための道具と言えます。新約聖書のヨハネの福音書には「はじめに言葉ありき、言葉は神と共にありき、言葉は神であった」と記されてあることから、言葉には命があり、そして、言葉には威力があることがわかります。

言葉の使い方

私たちの日常生活は言葉と共にあります。すなわち物事を言葉で考え、相手に物事を言葉で伝えます。言葉は相手に届いたときに大きな影響を与えます。言葉には威力があるために、使い方によっては良い影響も悪い影響も与えるという両刃の剣になります。

相手の心を豊かにする言葉には、美しい言葉、温かい言葉、褒める言葉、勇気を与える言葉、安心感を与える言葉、喜びを与える言葉、楽しさを与える言葉などがあり、これとは逆に相手の心を冷えさせる言葉には、汚い言葉、冷たい言葉、卑しめる言葉、失望させる言葉、不安を与える言葉、悩みを与える言葉、辛さを与える言葉などがあります。

また言葉は話す人の心を表すので、話す人の心が健康であるならば言葉も健康であるが、逆に話す人の心が病んでいれば言葉も病んでいます。

医師から患者への説明

医師として、患者との会話では患者の気持ちに思いをはせて十分に気を配り説明や説得に当たることが大切です。というのは説明を受ける患者は病気について不安と恐れを持っているからです。

医師という職業は患者を幸せにしてあげることができる職業なのです。患者は主治医が説明する一言ひとことを、希望を持って聞いています。主治医の心が健康であるならば、患者の心を豊かにする言葉を発するでしょう。仮に主治医が治療方針を伝えなくても、また主治医に「大丈夫です」と言われなくても、患者は主治医に治療に関して何らかの方法があると説明されただけで幸せになることがあります。

要は、主治医は患者に喜びと希望を与える言葉を発することが大切なのです。主治医はこのことを自覚し患者に接することが大切であると考えます。医療が進歩すればするほど、言葉という媒体を通して主治医と患者との信頼関係は重要になります。

第六章

私的論考

幼児に緑茶は有害か

父親が無類のお茶好きだったので、農作業から帰ってきてはお茶（緑茶）を飲み、近所の人が来てはお茶を飲んでいました。私は末っ子なのでいつも父の傍に居て、四歳の頃から父が出してくれるお茶を一緒に飲みました。

あるときお客さんが、父が私にも同じ量のお茶を淹れたのを見て、父に「お宅ではこんな小さな子どもにもお茶を飲ませるのですか？　小さな子どもにこんなに濃いお茶を飲ませるのは良くないと思います」と意見しました。すると父は「お茶は体に良いはずだから、心配ないと思いますよ」と言って同意はしませんでした。

それ以来、私はどういう理由で子どもはお茶を飲んではいけないのだろうかと悩んで大きくなりました。小児科医になってからも幼児の水分補給などに緑茶は良いかどうかについて判断しかねてきましたが、最近になって幼児への水分補給について学生に講義する機会があったので、緑茶を与えることの可否について調べてみました。

これまでは幼児の水分補給といえば番茶が良いというのが定番でした。その理由としてカフェインが含まれていないことが決め手のようでした。逆に緑茶を与えることに躊躇されてきた理由は、カフェインが含まれているからのようでした。カフェインには覚醒作用や興奮作用があることは知られています。

日本ではカフェインの摂取基準値や摂取可能年齢についてこれまで定められていませんでしたが、内閣府の食品安全委員会が基準として、日に二・五mg／kg以内であれば三歳以上の幼児には大丈夫と公表しました。緑茶に含まれているカフェインの量は抽出時間や茶葉の量によって異なりますが、一〇〇mℓ当たり二〇mgくらいですから、三歳以上の幼児（体重が約一三kg）であれば、一日の量として一五〇mℓは大丈夫ということです。

幼児の水分補給といえば番茶が一番良いと考えられてきましたが、緑茶でも良いということが納得できました。また緑茶にはカテキンも含まれていて、カテキンには抗菌や抗毒、抗ウイルス作用があって、子どもの病気にも効果があるといわれています。

緑茶には淹れ方によっては苦味が出ます。現実的に苦味が強い緑茶であれば幼児は飲まないでしょう。苦味が弱いということはカフェインの量が少ないということなので、苦味の弱い緑茶であれば幼児に飲ませることをタブー視することはないという結論です。

私の宝物

時代が移り変わるにつれて、人々の切手への興味は薄れてきました。原因はパソコンやスマホでのメールが主流になり、ハガキや封書で情報を取り交わすことが少なくなってきたことがあげられます。昔は誰もが親しみ、身近に感じて趣味として蒐集する人も沢山いました。切手が日常生活から疎遠になるにつれて『切手を蒐集する』という発想は時代にそぐわなくなったようです。

小学三年生（昭和二十六年）のとき、九歳違いの兄が「この切手は今日友だちから届いた手紙に貼ってあったんだよ。なかなかいいだろう」と誇らしげに言って見せてくれました。そのなかなかよい切手とは歌川広重《うたがわひろしげ》の作品を図案とした『月に雁《かり》』（次頁）の切手でした。「このような素敵な切手はこれまでにはなかったの？」と聞くと、兄は「これは切手趣味週間シリーズの一環として発行された記念切手で、これまでも他の記念に発行された切手はあるかもしれないがわからない」と言いました。

これまでは手紙を書くことがほとんどなかったので切手にも興味はありませんでし

たが、このことで急に興味が湧いてきて、過去に我が家に届いた手紙を調べてみようと思いたちました。屋根裏に置いてある古い手紙の束を持ってきて、各封筒に貼ってある切手の周囲を三ミリメートルくらい大きめに封筒から切り取りました。

翌日兄が切手用ストックブックを買ってきてくれたので、それに切手を並べてみるとなかなか面白い切手を見つけることが出来ました。切手の形や大きさ、値段に違いがあったりして、どのように並べたらよいかがわからなくなり、兄に「どう整理したらよいだろうか」と聞くと「これ以上蒐集について知りたかったら郵便局に行って聞いた方がよいよ」と教えてくれました。

『月に雁』

長崎郵便局の窓口に行き、自分が集めた使用済みの切手を見せて「切手の蒐集と保存の方法を教えて下さい」と言うと、窓口の村山郷さんという人が、「あなたは使用済みの切手蒐集に興味があるの？」と言ってニコニコして、次のように詳しく用紙に書いてくれました。

〈まず使用済み切手の蒐集を始める前に切手用ピンセットを用意しなければならないが、今日のところは私が持っているピンセットを貸すから使いなさい。次に封筒に付着している切手を、ぬるま湯を注いだどんぶりに浮かべるように浸して切手用ピンセットで封筒から丁寧に剥がしなさい。それをきれいな用紙の上に並べて陰干しをして充分に乾いたら、ストックブックに整理しなさい〉

と教えられたので、急いで家に帰り教えられた通りに実行しました。翌日整理したストックブックと借りた切手用ピンセットを持って再び郵便局の窓口に行くと、村山さんはストックブックのページをめくりながら「よくできたね」と誉めてくれました。そして「もしあなたが本気でこれからも使用済みの切手を集めるならば次のことに気をつけた方がよいです」と指導してくれました。

①切手全体に消印が捺してあるものは除外して、消印が隅の方に捺してあり、切手の

絵が充分に見えるのを選ぶこと。
②切手を封筒から剥がすときに指紋を付けないこと。
③切手のミシン目（目打ち）も綺麗に取り扱うこと。
④透明なセロハン紙を適当な大きさに切って切手を包み、蒐集用のノートに貼りつけること。
⑤その切手の発行年、発行枚数、発行の理由などを調べると一層興味が湧くこと。
あれから七十年が過ぎた今、使用済み切手の蒐集の楽しみを教えてくれた兄と郵便局の村山さんはとうの昔に他界し、改めて当時蒐集してまとめたノートを手にして懐かしさをかみしめています。今ではこのストックブックは私の宝物になっています。

時間の認識

時間について

時間について考えるときは、時間をアナログ時間（連続した時間）とデジタル時間（とびとびの時間）とに分類すると理解しやすいと思います。一般論として時間を認識するときにはアナログ時間が相応しいような気がします。その理由は、アナログ時間は時間の経過を知らせるような気がするからです。一方、デジタル時間は時を刻むという感じが強く、いわゆる時間を線ではなく点に注目しているようなので、今回はアナログ時間を念頭に置いて論を進めます。

乳幼児にとって時間とは

新生児は一日二十時間くらい眠ります。睡眠と覚醒が昼夜の周期に同期するようになるのは生後二〜三カ月頃からです。

生まれて三〜六時間すると空腹で泣き出します。生後一カ月頃になると自然に哺乳間隔が定まってきて、ほぼ三時間おきになります。更に四カ月頃になると哺乳は四時間おきと自然に定まってきます。

幼児期前期になると親と一緒に食事を摂るようになりますが、食事している時間はマイペースでゆっくりです。というより食事を遊びながら、しかも楽しみながら摂ることを覚えるからです。途中で何か興味のあることが起こるとそれに気を取られ、食事を途中で止めてしまうこともあります。これらの行動から、乳幼児には時間に対する感覚はないと考えられます。

親は子どもに早く食事を済ませるようにと諭します。このとき子どもは初めて時間を認識させられるのではないでしょうか。食事を早く済ませることはよいことで、遅いのは望ましいことではないと教え込まれます。

集中力

四歳くらいの幼児でも興味のあることに対しては熱中し、時間の感覚がなくなるようです。逆に興味がないことに対してはすぐに飽きてしまい、最後には騒ぎ始めます。これは大人についても同じことが言えます。好きな趣味に興じれば時間はまったく気になりません。嫌なことや不安なことに対しては、時間は長く感じられます。

現実には時間が短く感じられるような、あるいは時間が気にならないような趣味や仕事はそれほど多くはありませんが、時間が長く感じられるような嫌なことは沢山あります。例えば外来で診察を待つ時間は、たとえ予約外来であっても実に長く感じられます。また駅で電車を待つのも二十分以上になるとイライラしてきます。

速いことは善で、遅いことは悪か

人はスピードについては非常に関心があります。航空機にしても電車にしてもスピードアップすることには大いに努力しています。日常生活で食べ物ではファーストフード、すなわちすばやく準備でき、直ちに食べることができる食品がもてはやされてきました。

最近ではその反動によるのかは不明ですが、スローフードという言葉が市民権を得てきました。スローフードとは本来の意味は「ゆっくり、楽しみながら食事をとろう」ということでしたが、しだいに「自分達の食事と生活をしっかりと見つめ直し、歴史と文化に裏付けされた、人にやさしい食文化を大切にしよう」というように拡大理解された広がり始めました。

このほか、子どもたちへの食の教育を重視し、家族揃って食卓を囲む団らんや、日常的な親子の交流の中で、正しい食生活や伝統料理についての知識を伝えていくことの重要性なども付加されました。

時間の使い方

時間の使い方が上手な人と下手な人がいるようです。これは主観的な発想というより、客観的な発想によるところが大きいようで、本人にとっては大きなお世話かもしれません。しかし仕事をする（成果を得る）ときに、与えられた仕事の量や自分の能力を推し測り、自分なりに計画を立てますが、その際の要領の善し悪しは時間の使い方に大いに関係しています。

別の言い方をすると、仕事量（成果）を測る要素として大雑把ではありますが、科学的に考えると時間、能力、意欲が挙げられます。意欲は誰にも同じくあるとすると、仕事量（成果）＝時間×能力で表されます。この式が正しいとするならば、要領の善し悪しは個人の能力の程度に置き換えることができます。

つまり時間がかかるということは、能力が不十分であるためと見なすことができます。その際、自分中心に予定を立てられることと、相手方の予定を組み入れて考えなければならないこととでは時間のかかり方は当然違ってきます。ここでは式を単純化するために自分中心とした仕事量を考えました。

高齢者にとっての時間

人生百年時代と言われ始めました。「青春は短いが老後は長し」と時間に対する感覚は年齢で異なることを示しています。高齢者のなかには時間をもてあましている人もいます。その一方で、「暇があるときは金がない、金があるときは暇がない、暇と金があるときは命がない」という金言もあります。

遊びは人を豊かにすると言われますが、この場合の遊びとは趣味を指しているようです。老後に豊かな人生を送ろうとするならば、若いときから趣味を持ち、時間に縛られない人生（スローライフ）を送ることを心がけたいものです。スローライフの真意とは「心を充実させること」で、言い換えると、精神的に豊かになることです。

スローライフの本当の意味は、スピードを出すと見えなくなったり、あるいは忘れがちになったりする、感謝、喜びや楽しみ、精神的豊かさを取り戻すことであると理解されます。

時間を認識するときは何が基準となるか

「時間とは頭でつくり上げた概念である」という説があります。誰もが一日二十四時間を与えられています。それなのに「光陰矢のごとし」などの表現も用いられることがあります。そうすると時間を認識する基準とは、老若や能力という要素が関与した各人の時間に対する感覚の違いによるものと思われます。

「速いこと」はよいことである?

オリンピックのモットー(標語)である〈Faster, Higher, Stronger〉の日本語訳は「より速く、より高く、より強く」であり、そのうち「より速く」という標語が戦後の日本の復興に大きく寄与しました。その「より速く」が今でも日本を風靡しています。そのお陰で日本が大きく変容したことは間違いありません。

その代表格である、高速道路、新幹線、ファーストフードについて検討してみます。

高速道路

高速道路の建設は日本の車社会の発展に大きく寄与しました。田中角栄氏による『日本列島改造論』(一九七二年)に煽られ、高速道路の建設に拍車がかかりました。高速道路は一般的には山の中にトンネルを貫通させたり高地に建設されることが多く、さらに市街地では高架橋にして建設することで、交差点や踏切を避けるようにしました。そのために長距離でも短時間で戸口から戸口まで人や物を運ぶことが可能になりました。

新幹線

東京オリンピック（一九六九年）と軌を一にして新幹線が開通し、その後日本の鉄道の交通体系は大きく様変わりをしました。今では東京を中心にほぼ半日で北海道や九州へ行くことができるようになりました。交通機関は人や物の移動手段の一翼を担っていて、目的地にひたすら速く移動できることが使命であると考えればありがたいことです。

ファーストフード（Fast food）

アメリカ国内において、安い、速い、手軽で食物エネルギーが大きいことから、ハンバーガー、ホットドッグ、フライドチキン、サンドイッチなどが大いにもてはやされました。

日本でも、以前から安い、速いというキーワードで、立ち食いそば、牛丼、ラーメン、カレーライスなどがありましたが、これらの日本食も近年になってファーストフードと見なされるようになったようです。

一方で「速くないこと」は必ずしも悪いことではありません。最近では速さを追求してきたことで、その反面失われるものがあるということにも日本人は気づき始めました。

高速道路

東北地方などでは主に風雪害の防止のために道路脇に柵が造られたので、周りの景色はほとんど見ることができません。その結果として事故防止に繋がり、車の流れはスムーズとなりましたが、景色を眺めてゆとりを持ったドライブを楽しもうとする人にとっては物足りなく、またうっとうしく感じられます。

新幹線

以前は次の歌のように、
〽一今は山中　今は浜
今は鉄橋渡るぞと

思う間もなくトンネルの
　闇を通って広野原

二遠くに見える村の屋根
　近くに見える町の軒
　森や林や田や畑
　後へ後へと飛んでいく
　　（文部省唱歌　作詞／不詳　作曲／大和田愛羅）

という景色をのんびり眺めながら旅するゆとりはなくなり、また停車中に駅弁を買う楽しみもなくなりました。

ファーストフード（Fast food）

小皿や大皿に盛りつけられた色々の料理を、ゆっくり食べるという雰囲気は味わえなくなりました。また味付けも画一化され、個性が薄れてきました。

まとめ

「時は金なり」とは、時間は有効に、しかも有意義に使うべきであると諭しているようです。従って時間の価値を「速い」とか「速くない」という物差しだけで判断するのではなく、情緒的な因子をも加味してはどうかと思います。

人はなぜ踊るのか

小学校入学前の幼児の頃、お客さんが来ると嬉しくなり要望されたわけでもないのにお客さんの前で、〽カラスなぜ泣くの……と自分で歌い、それに合わせて踊った記憶があります。また大人たちは宴たけなわになると踊り出し、座を盛り上げたりしました。人はなぜ踊るのだろうか、また踊るとはどういうことなのか考えてみました。

実例

⑴幼児の踊り

孫の平和（一歳半）はテレビから流れるアンパンマンの歌を歌いながら笑顔で活発にリズムに合わせて手足を動かして踊りました。その踊りが周りの人に言葉ではなくとも喜びと感動を与えてくれました。

⑵盆踊り

お盆の時期になると各町内会で広場や神社の境内で盆踊りが催されます。老若男女が特設の屋台の周りをボリウムいっぱいの音楽に合わせて、収穫感謝と祖先の霊を慰めるために踊りました。踊り手は何日も前から練習を重ねてこの輪に入りました。手にうちわを持ったりして踊る人もいました。

⑶雨乞い

昨年の夏、村山地方では雨が降らない日が何日も続いて畑は乾燥して耕すことも出来なくなり、干ばつに見舞われる寸前になりました。そこで寒河江市内の神社に氏子たちが集まり雨乞いの踊りを神社に奉納すると、その翌日に恵みの雨が降りました。

(4) 天岩戸《あまのいわと》

『古事記』によると、高天原《たかまがはら》では太陽の神、天照大御神《あまてらすおおみかみ》や弟の須佐之男命《すさのおのみこと》、その他多くの神々が暮らしていました。

須佐之男命は、大変な暴れん坊で、しかもひどいいたずらをするので天照大御神は怒り心頭に達して天岩戸の洞窟に隠れてしまいました。そのために世の中は真っ暗になり、その影響で食べ物が育たなくなったり、病気になったりと大変なことが次々と起こりました。

そこで天鈿女命《あめのうずめのみこと》が天岩戸の前で半裸の姿で踊ったので周りで見ていたほかの神々は大喜びで騒ぎ立てました。すると、天岩戸の中の天照大御神は「外ではみんな楽しそうに騒いでいるが、これはどうした事だろうか？」と不思議に思い天岩戸の扉を少し開けて外を見たときに、すかさず手力男命《たぢからをのみこと》が岩の扉を開け放ち、思兼神《おもいかねのかみ》が天照大御神の手を引き天岩戸から出しました。それから世の中が再び明るくなり、平和な時代に戻ったとあります。

踊る理由

踊ることには祈りの意味があるとも言われていますが、人が踊る理由を、本能、歴史的、メッセージの面から考えてみました。

(1)本能の面

人は楽しくなると本能的に体を動かしたくなります。音楽を聴いたときに、自分の体に丁度よいリズムがあると無意識に体が動いてくるのです。自分の高揚した感情を表情や身振りなどで相手に伝える、いわゆるbody language（身振り言語）として伝えるのが踊りなのです。特に子どもは語彙も少なく感情を伝える手段としては踊りが最良の手段となります。

(2)歴史的な面

古代の人は自然の力に頼って生活していました。そのために大自然で起こる様々な現象は、全て神の働きによると考えざるを得ませんでした。従って病気も豊作も飢饉もすべて神の気持ち次第によると信じていました。

人は健康、幸せ、豊作、雨乞いなど感謝や願いの気持ちを表す手段として踊ったのです。

⑶踊りによるメッセージ

人はコミュニケーション（伝達手段）が十分でなかった頃は、人の幸せを、健康を、豊作を、雨が降るようにとの願いの気持ちを踊りで表現してきたと考えられます。特に宗教的なメッセージを言葉では伝えられないことを踊りで表現し伝えようとしました。

その考えには、踊ることで人としての人格を放棄して無我の境地になり、神と交わることができる能力を持つと信じていたのです。

⑷踊ると舞うの違い

「踊る」は複数の人で手や足を上げてはねるのが普通であり、「舞う」は基本的には一人で水平に回るような動きをすると理解されます。

まとめ

人が踊るのは、①音楽のリズムに同調すると本能的に体が動く、②言葉では伝えられないものを伝えるため、③心身の緊張を解き放すため、などが考えられます。

世相

十年一昔と言いますが、最近は十年などと悠長なことは言っていられないほど社会の変化が早くなっているように思えることがあります。これには私自身の高齢化も関与していることは否定できません。

新幹線乗客とゴルフバッグ

休日の朝に新幹線に乗ろうとすると、重いゴルフバッグを担いでホームに立っている人が必ずいました。なかには素振りをしてフォームを確かめている人もいました。最近はホームでゴルフバッグを担いでいる人はほとんど見かけません。ゴルフ人口が減少していることも関係していると思いますが、ゴルフ宅急便の影響も大きいのではないでしょうか。

通勤電車内での新聞

以前は、通勤電車に乗るとかなりの人が新聞を読んでいましたが、最近は若い人から高齢者までほとんどがスマホに目をやっています。特に若者の活字離れは明らかで、情報源は新聞からスマホに変わってしまいました。

ここまで変われば、情報を得るのにスマホから再び新聞に戻すことは容易ではないでしょう。新聞社の誇りは「新聞は社会を映す鏡である」ということであるでしょうから、これまで以上に社会を映す鏡であるように努力して欲しいものです。

しかし各新聞社は購読者が減少すれば経営的にも苦しくなるので、歯止めをかけるための色々な対策を考えているはずです。その一つに、これまでは大手の新聞は政党色を表にはあまり出さず、記事内容は中立を保っているように見えましたが、今は時の政権に抵抗するような記事で国民の関心を高めて、購読者を増やそうという方針のように思えます。その際、これからの日本をどの方向に進ませることが良いのかをオピニオンリーダー（世論先導者）として十分にわきまえて記事を書いて欲しいものです。

交通事故ゼロの市町村表彰

車社会になって交通事故による死亡者が急増し、大きな社会問題になりました。交通事故と交通事故死亡者を減らす目的で、各市町村単位で交通事故ゼロ運動を行なうようになりました。

交通安全対策協議会は、各市町村が交通環境や交通安全のための効果的な対策を実施して、交通事故と交通事故死亡者を減らす目標を達成した市町村を表彰してきました。表彰し始めた頃は地域住民の関心も高く、最初の目的を十分果たしてきたと思われます。しかしあまり車が通らない過疎の町村でも一定の目標を達成すれば表彰されるので、あまり車が通らないことを裏付けているようで、地域住民からは表彰されることを喜んで良いのかという疑問が生じてきました。

そこで一定期間に交通事故ゼロという基準より、これからは各町村の交通量を加味して、その目標を達成した市町村を表彰してはどうかという案が出されているとのことですが検討に値すると考えます。

健康優良児表彰

過去には、先進諸国の子どもに比較して日本の子どもの体格・体力が劣るため、その向上を図るために、母子健康協会が昭和十年から健康優良幼児表彰を企画し、最初は少数の県から始まりました。次第に広がりをみせ毎回盛況で、遂には全国で展開されるようになりました。

昭四十四年からは厚生省の後援を受けて行なわれるようになりました。開始に踏み切った頃は栄養不良児が多かったので、その改善を主な目的としましたが、栄養が改善されると次第に肥満児が多くなりました。昭和五十年頃から乳幼児の健康についての考え方や環境の変化に伴い、所期の目的を達成したとの判断で、昭六十一年を最後に表彰することを終了しました。今では健康優良児と言う言葉はほぼ死語になりました。

人生百歳時代

今世紀中に日本では平均寿命百歳の超高齢化社会を迎えると予想されます。高齢者の増加に伴い家庭生活や社会生活で、これまでも予期しないことが起きてきました。高齢者への対策や対応を国や県のレベルで講じてきてはいますが、間に合わないのが現状です。引き続き対策や対応を講じなければならない項目を列挙してみます。

①認知症を合併している高齢者が車を運転し、誤って高速道路を逆走し、衝突事故を起こしたり、駐車場でブレーキとアクセルを間違えて踏み、人身事故や器物破損を起こす事件が多くなった。
②晩酌やスポーツ後の疲労した後に入浴すると気持ちが良くなり、浴槽で寝てしまい溺水して死亡する例が多い。
③嚥下力が弱くなり、お餅などを食べて喉に詰まらせて窒息死する例が多い。
④自宅内のちょっとした段差や敷居などにつまずき、大腿骨骨折する例が増え、入院して手術を受け、ベッド上安静を少し長く続けると認知症が進行する症例が多くなった。
⑤独居者が日常生活で、地域社会にうまく適応ができなくなってきた。

つい最近まで老老介護と言う言葉が使われていましたが、このレベルを超してしまい、これからは認知症同士の介護になるかもしれません。

出会いは財産

人との出会いは後々の人生にとって大きな財産になります。なおこの財産とは無形の財産のことで、他人に盗まれない、火事に遭っても燃えない、自分だけが所有するものを意味します。

望ましい出会いについて与謝野鉄幹《よさのてっかん》は『人を恋うる歌』のなかで「友を選ばば書を読みて、六分《りくぶ》の侠気《きょうき》、四分《しぶ》の熱」と歌いました。これを平易に訳すと「友だちをつくるとしたら読書をするような人で、しかも六割くらい義理人情を重んずる心を持っていて、そしてあとの四割は情熱があるような人がよい」と解釈されます。出会いは各年代によって異なることがあるために分けて検討します。

幼少期の出会い

赤ちゃんの最初の出会いは両親でしょう。さらに家族と出会うようになり、成長するにつれて笑顔を振りまいて次第に周囲の人と接するようになります。保育所や幼稚

園に通うようになるとお友だちは増えてくるし、環境にも慣れてきます。小学校に入ると、

〽いちねんせいになったら
いちねんせいになったら
ともだちひゃくにん　できるかな
ひゃくにんで　たべたいな
ふじさんのうえで　おにぎりを
ぱっくん　ぱっくん　ぱっくんと

（作詞／まど・みちお　作曲／山本直純）

と童謡にあるように友だちは倍増します。この童謡の内容は、小学校への入学を機に新入生として明るい夢を描き、友好的な人間関係を構築していくことを願ったものでしょう。

青年期における人との出会い

柔軟な感性で日々を過ごしている青年期の最も感受性が高い時代に、自分とは異な

る生い立ちや境遇の人たちと出会うことは、自分の人生に新しい視点や視野と価値観をもたらしてくれます。

私が大学に入学したとき、父から「これまでは主に山形弁が通用する人と接してきただろうが、大学では日本語のみならず、外国語を話す人とも友だちになりなさい」との餞《はなむけ》の言葉をいただきました。多くの友人を持つことで文化、風俗習慣、考え方の違いなどから多くの情報が得られ、人間を一段と大きくしてくれることを父は望んだのでしょう。

患者と医師との出会い

患者が医師の診察を受けるのは不安を持っているからです。医療行為の第一歩は患者の不安を取り除くか、あるいは軽減させることにあります。

医師が患者に「大丈夫です」と語りかけることで、患者を安心させることができます。しかし現実にはあらゆる医療行為には危険（リスク）はつきものです。医師は治療を含む医療行為で派生するリスクを説明しなければなりません。だがそれは患者のためだけではなく、医師自らの危険を回避する目的でもあります。その結果、患者の不安がさらに増大する可能性もあります。

医療行為を行なう以前に、患者と医師の間にきちんとした信頼関係が結ばれていなければなりません。もし患者が医師と相性が悪いと感じ十分な信頼関係が得られなければ、患者は後で後悔しないためにも別の医師に変えるべきと考えます。このような出会いは拙い出会いであり、医師も反省すべきことです。

人生を楽しむための出会い

定年退職していつも自宅に居るようになると、次第に配偶者からも疎《うと》まれてしまうので、公園に出かけたり、図書館で時間をつぶしている人がいることを見聞きします。その一方で健康維持のためにジョギング、ゴルフ、家庭菜園などに精を出す人もいます。このような人は、やがて仲間を求めたり、情報収集のために同好会（サークル）などに加わることになります。

自宅に籠もっていると会話の相手が配偶者や家族だけになり、話題も少なくなり、ついには配偶者との会話が十分でなくなると「うつ状態」になる可能性も出てきます。現役時代が華やかであった人ほど、孤独になるとその落差が大きいと言われます。

認知症になるのを少しでも遅らせ、有意義な老後を過ごすためには、頭と身体を働かせるのが最良であることは誰でも知っています。それを実行するかしないかの違いで老後の生活は天国にもなり、地獄にもなりかねません。

若いときから趣味を中心に仲間と付き合うことがよいのですが、今からでも人生を楽しむための習い事や講演会などに出席したりして、仲間と会話することを心がけたいものです。出会いを最大限利用することで、大きな財産すなわち充実した人生を送るための知恵を獲得することになります。

町おこし

寒河江市に創業八十年の『頑固ソバ』本舗があります。「よりおいしいソバ、健康にやさしいソバつくり」を基本理念として家業を継いで、現在の社長は四代目です。新しい製品への開発研究には熱心ですが、販売ではイマイチ元気がありませんでした。

その四代目が数年前から笑顔を見せるようになりました。あるとき「最近元気がありますね。新製品でもできたのですか」と声をかけると、

「実は市からふるさと納税のお礼品に『頑固ソバ』を登録してくれと言われて申し込みました。最初はあまり期待をしていなかったのですが、六カ月過ぎた頃から常連客（リピーター）が右肩上がりに増えてきたのです。

これまでは、おいしく健康にやさしいソバをつくってさえいれば必ず売れるだろうとの思いから、ＰＲにはあまり力を入れてきませんでしたが、間違っていました。今では市がお礼品として採用してくれたお陰で売れ続けています。我が社にとっては、ふるさと納税の制度様々です」

と応えたので、あらためて「ふるさと納税」について考えてみました。

「ふるさと納税」を創設した理由

都市と地方の税収の格差を是正することを目的として、国が平成十九年五月に「ふるさと納税」制度を創設し、平成二十年四月から始まりました。

〝ふるさと〟はどんな場所か

ここでの〝ふるさと〟についての基準は明確ではありませんが、アンケートによると生まれ育った場所、実家、今住んでいる場所、思い出のたくさん詰まった場所、自分にとっての原点となる場所、帰る場所、帰りたくなる場所を挙げています。

「ふるさと納税」の仕組みは

個人の住民税の一部を、納税者が選択する自治体に回せるようにする仕組みのことです。もっとはっきり述べると、本籍地や出生地といういわゆる〝ふるさと〟以外への納税でもよいのです。

仕組みは、まず個人がふるさととする自治体に寄付を行なうと、その自治体のふるさと納税団体からお礼品が届き、さらに受領書（寄付金受領証明書）が送付されてきます。

この寄付金受領証明書を添えて「確定申告」の手続きをすると、所得税の還付や個人住民税の控除が受けられます。

「ふるさと納税」と寄附の決定的違い

「ふるさと納税」では自治体からお礼品をもらえることです。一般の寄附ではお礼品はもらえません。

お礼の品物

お礼品の中には、その土地を代表する肉や魚をはじめ、特産品・名産品を数多くそろえてあります。なかには、その土地に行かなければ手に入れることが難しいお礼品も用意されており、「ふるさと納税」で寄付をしたからこそ出会える新しい特産品・名産品の発見もあります。

寄付という形で地域の活性化に貢献できるだけではなく、自治体での取り組みやその土地の名産品・特産品を知ることにもなります。ここまでは「ふるさと納税」についての光の部分で、町おこし、村おこしの起爆剤として「ふるさと納税」制度は有効であると思います。

一方、陰の部分もあります。その町に特産品や名産品がない場合はそれ以外の品をお礼品として考えなければならなくなり、その結果どこでも使用できる品としての商品券や旅行券などを、さらに高額な品を提供する自治体も現れてきました。最近になって総務省は「ふるさと納税」の本来の趣旨に沿うお礼品を提供できないならば、お礼品を廃止するという案をちらつかせ始めました。

「ふるさと納税」制度は多くの人に町の名前やその町の特産品を知らせる手段となり、またその町で生活している人々が生きがいを持って働くことができるように手助けしてあげるという創設時の趣旨を尊重し、これからも持続してほしいものです。

ちなみに平成二十八年度の寄付金額の多い道府県の順位は、①北海道、②山形県、③宮崎県、④長野県となっており、山形県としてはかなりの恩恵を受けていることがわかります。さらに県内で恩恵を受けている市の順位は米沢市《よねざわし》三十五億円、天童市《てんどうし》三十三億円、寒河江市《さがえし》二十三億円、上山市《かみのやまし》十四億円の順でした。

山形県内の特産品としてはお米、サクランボ、りんご、国産牛肉、ソバなどであり、今後さらに順位を上げるには、特産品の品質向上と種類を増やすことに努力すべきでしょう。

あとがき

高校卒業後ほぼ半世紀を弘前で暮らし、その後子どもの頃に過ごした故郷寒河江に戻ってきて十三年が過ぎました。戻ってきた当時は一緒に遊んだ友だちのほとんどが地元に残ってはいなかったので、未知の土地に踏み込んだ気持ちでした。

しかし故郷は子どもの頃の思い出をよみがえらせてくれました。よその土地に暮らして忘れかけていた自分の故郷の風俗習慣を思い出し、次第になじむにつれて先人のこの土地での生活の楽しさや苦しさを理解できるようになりました。

今度はこれらを後世に伝えるにはどうしたらよいかと考えると、とにかく自分が経験したことを書き残しておけばそれを参考にして後世の人が判断してくれるだろうと思うようになりました。

それにしてもなかなか書き残せないことがありすぎるとともに自分の経験の少なさを痛感し、種田山頭火《たねださんとうか》の「分け入っても分け入っても青い山」のような心境になりました。

この本を上梓するにあたり、人生を見つめ数多くの随筆集を執筆し、私をやさしく見守ってくれた故真木《まき》正博《まさひろ》秋田大学名誉教授、それにいつも適切な書評をいただき、そして背中を押して励ましてくれた故品川《しながわ》信良《しんりょう》弘前大学名誉教授と故今充《こんみつる》弘前大学名誉教授にご冥福を祈るとともにお礼申し上げます。

父母と過ごした年月の二倍以上もの長い時間を共に過ごし、私の世話のほかに家事・育児の全て、文筆の相談にまで付き合ってくれた最愛の伴侶・春枝に心から感謝申し上げます。

今回もレイアウトから校正までご指導いただいたポリッシュ・ワークの須藤惟さん、堀邦男さんに感謝いたします。

令和二年　コロナの終息を願いつつ

五十嵐　勝朗

追憶のシンフォニー

医師が語る医療・故郷・歴史文化

2020年12月15日　第1版第1刷発行

著　者　　五十嵐 勝朗

発行者　　塩塚 健兒

発行所　　株式会社ポリッシュ・ワーク

〒167-0053　東京都杉並区西荻南3-7-18

電話 03-6276-9507　FAX 03-6915-1320

発売元　　株式会社径書房

〒151-0051　東京都渋谷区千駄ヶ谷4-11-9-401

電話 03-3746-3522　FAX 03-3470-6220

印刷製本　中央精版印刷株式会社

装丁・本文イラスト　針谷 由子

定価はカバーに表示してあります。

落丁本・乱丁本は、購入書店名を明記のうえ、発行元の㈱ポリッシュ・ワーク宛にお送りください。送料小社負担にてお取替えいたします。

ISBN978-4-906907-11-3 C0047　